少年陰陽師

しょうねん　おんみょうじ

少年陰陽師 肆拾

顫慄之瞳

慄く瞳にくちずさめ

結城光流—著 涂愫芸—譯

重要人物介紹

藤原彰子
左大臣藤原道長家的大千金，擁有強大的靈力。現在改名叫藤花。

小怪
昌浩的最好搭檔，長相可愛，嘴巴卻很毒，態度也很高傲，面臨危機時便會展露出神將本色。

安倍昌浩
十七歲的半吊子陰陽師。父親是安倍吉昌，母親是露樹。最討厭的話是「那個晴明的孫子 ?!」

六合
十二神將之一的木將，個性沉默寡言。

紅蓮
十二神將的火將騰蛇，化身成小怪跟著昌浩。

爺爺(安倍晴明)
大陰陽師。會用離魂術回到二十多歲的模樣。

朱雀

十二神將之一，是天一的戀人。

天一

十二神將之一，暱稱是「天貴」。

勾陣

十二神將之一，通天力量僅次於紅蓮。

太陰

十二神將之一的風將，個性和嘴巴都很好強。

玄武

十二神將之一，乍看是個冷靜、沉著的水將。

青龍

十二神將之一，從以前就敵視紅蓮。

脩子

內親王，因神詔滯留伊勢。

安倍昌親

昌浩的二哥，是陰陽寮的天文生。

安倍成親

昌浩的大哥，是陰陽博士。

天空

十二神將之一的土將，是十二神將的首領，雖然眼盲，但內心澄明。

風音

道反大神的愛女。以前她曾想殺了晴明，現在則竭盡全力幫助昌浩。

藤原敏次

陰陽生，在陰陽寮裡是昌浩的前輩，個性認真，做事嚴謹。

已矣哉。

1

初一剛過幾天的夜晚，距離化為上弦還很久的月亮已然沉沒，滿天閃爍的星光，微微照耀著地面。

即便是春末，夜晚依舊寒冷。位於深山的菅生鄉，更是寒風刺骨。

現在應是桃花盛開的時節，卻只看到花蕾才剛要膨脹起來，還要等很久才會飄出甘甜的花香味。然而，四處都是枯槁的樹木，所以搞不好只會維持這樣的狀態，不會開出桃花了。

樹木枯萎的原因尚不清楚。菅生鄉在各地派出了好幾個密探，都沒有人帶回有用的情報。

今晚特別寒冷。

已經適應黑暗的眼睛，看見吐出來的氣息變成了白色。

小野螢緩緩抬起頭仰望天空。

由於被侄子時遠纏著，她便說了個故事給他聽。聽得很開心的時遠，直到睡覺時間都不肯從她身旁離去。

「時間太晚了，明天再繼續。」被母親這麼一說的時遠，這才不情願地走開。

螢目送大嫂帶著小小身影離去的背影，陷入無法形容的思緒裡，難以入眠。

心情沉悶的她悄悄溜出房間，前往可以俯瞰山谷的岩地。

那是她以前來找過哥哥的地方。

站在凹凸不平的岩石上俯瞰湍流的螢，想起了往日種種。

她來這裡叫哥哥時守回去。平時，她只有在特定的時間能見到哥哥，所以哥哥的現影冰知拜託她去叫哥哥回來吃晚餐時，她開心地答應了。

至今螢都還清晰記得，那時開始轉為橙色的天空好美，走過山中的羊腸小徑，看見時守站在岩石上的身影，令她雀躍不已。

溫柔的時守，無論何時，都會對螢露出溫柔的微笑。

「……」

螢不由得苦笑起來。

雖然知道那是虛假的，但每當想起哥哥的臉，她總是覺得溫暖、柔和，甚至有「其實是真的吧？」的錯覺。

那個聰明的哥哥，為了不讓螢察覺而獨自忍受煎熬。

沒有人知道，他悄悄與件的可怕預言長期奮戰著。

哥哥死後，被冰知供奉為神。現在，他的神名是時守神，守護著螢和他的遺孤時遠。

「……哥哥。」

喃喃呼喚的螢，垂下了頭。

她好想在夢裡見到，還不是神而是人的時守。她一直這麼祈禱、這麼期盼，時守卻不曾進入她的夢鄉。

她不是想責備他，只是想見他。

見到他，然後呢——自己會說些什麼呢？

瑩所佇立的岩石被因融雪而水位增高的湍流濡溼了大半，水花還濺到了她的腳下。

湍流宛如要將人吞噬，幽暗的水是無底的漆黑。

「——」

螢出神地俯瞰著湍流，無意識地邁出步伐，腳尖也越過了岩石邊緣。

在黑暗中聽著流水聲的她，耳朵捕捉到那之外的微弱聲響。

吥鏘。

一股寒意掠過背脊。

她抬起視線，看見一隻妖怪站在水面上。

胸口深處狂跳起來，發出撲通撲通巨響。

「……件……」

牛身人面的妖怪聽見螢的喃喃細語，用不帶感情的眼眸盯著她。

瞪視著件的螢臉色慘白，發現妖怪是稍微離開水面、飄浮於半空中，並非是站在水面上的狀態。

星光淺淡不夠明亮，因此沒辦法在岩石上照出螢的影子，水面上也沒有件的影子。

水位增高的湍流捲起了波浪，轟隆作響。還有，使樹木枝葉哆嗦顫抖的風聲、自己的呼吸聲、打鼓似的怦怦心跳聲。

螢聽著這些聲音，無法把視線從件的身上移開。

宛如人工製造的妖怪緩緩咧開嘴巴，發出低沉的說話聲。

『妳將奪走一切，使他失去所有。』

螢的心跳撲通加速。

『妳將奪走那個男人的一切，連同他遺留下來的生命。』

說著可怕預言的妖怪，猙獰地嗤笑。

剎那間，石礫般的東西響起尖銳的聲音飛過來，貫穿了件的眉心。

螢倒抽了一口氣。差點劃破她臉頰的飛石，是一粒小小冰塊。

貫穿妖怪頭部後碎裂的冰塊帶著靈氣。

衝到岩石上的夕霧，如捕捉犯人般從後方抱住僵硬的螢。

「螢！」

螢眨了一下眼，只轉動眼珠子。

飄浮在水面上的件緩緩傾斜，無聲無息地沒入水中。

夕霧射出的冰塊帶著他的靈氣，對沒有實體的妖怪也有效。犀利強烈的靈力，淨化了妖怪釋放出來的妖氣。

夕霧一邊小心追蹤妖怪瞬間消失的身影，一邊更使勁地抱住螢。

隔著衣服也知道她凍壞了。身體原本就纖細的螢越來越消瘦，令人心痛。

為了延長她所剩無幾的壽命，神祓眾的長老們採取了最後手段，盡可能延緩她的成長，把成長所需的生命力轉化成壽命。

所以，螢不會再長大。不，每年仍會增長一歲，只是身體一直停留在十五歲的模樣，不會長成大人。

「為什麼跑來這裡？」

低沉的聲音像是在責備螢沒跟任何人說一聲就偷偷溜出來了。

螢眨眨眼睛，平靜地回應：

「我睡不著……不知不覺就走到了這裡。」

然後，她低聲說了句對不起。

夕霧發現螢不見了，想必很焦急、擔心。

「你怎麼會知道我在這裡呢？夕霧。」

「妳想事情時都會來這裡。」

雖然還有其他幾個候補的地方，但他相信直覺，毫不遲疑地趕來了可以俯瞰湍流的這片岩地。

而讓他鬆一口氣的，並不是自己判斷正確，而是在發生不可挽回的悲劇之前趕到。現在的螢不能使用法術。要使用也可以，但會大大縮短已經剩餘不多的時間。

螢雙手抓住夕霧的臂膀，垂下頭說：

「都被你看透了，其實你不必這麼擔心我。」

「螢。」

低著頭的螢眼神露出了哀怨，微微一笑回應苛責的叫喚。夕霧越擔心，螢就越知道自己生命的短暫。還有多少時間能感受這樣的溫柔呢？螢想遺忘，但這樣的思緒卻不時湧現。

每當她感覺到年幼的侄子在成長；每當她看見鄉人的臉；每當她聽見長老們為自己擔憂的話語。

螢就會開始思索。

自己還剩多少時間呢？這個身體還能走過多少歲月？

「件它說了什麼？」

螢被緊張的夕霧逼問，她先是搖搖頭，但很快改變了主意，因隱瞞也會被看穿，再小的謊言都逃不過夕霧的耳朵。

對無時無刻不傾注全力守護她的夕霧撒謊，是件毫無意義的事。

「預言。」

夕霧的紅色雙眸泛起厲色。螢淡淡說著，嗓音如鈴鐺般清澄。

「妳將奪走他的一切，使他失去所有；妳將奪走那個男人的一切，連同他遺留下來的生命。」

夕霧屏住氣息，啞然失言。

那是件告訴小野時守的預言，內容與最後一次的預言相同。

時守臨終之際，現影冰知親耳聽見了那個預言，他告訴了螢。之後，夕霧也從冰知那裡知道了此事。

螢抓住夕霧臂膀的雙手，力道更強勁了。她抓著夕霧的臂膀，全身顫抖。

「預言一定會……應驗……」

「螢。」

「件的預言一定會應驗……總有一天，我會奪走那孩子的生命……！」

總有一天，時遠的眼眸會凍結著驚恐，凝視自己。

或者，自己將會看著時遠倒地不起。

「現在件的預言就已經應驗了……！」

正如那個妖怪的預言，本該由時遠繼承的一切，現在都落在螢的手上。

螢也不想這樣，但時守去世後，唯有她可以接任首領的職位。

在時守的遺孤時遠長大之前，螢必須肩負起輔佐的責任。

沒錯，她現才察覺，目前的狀態等同於自己奪走了時遠首領的地位、職責。

瞠目結舌的夕霧，聽著她顫抖的虛弱聲音。

「我要把原本應該由哥哥繼承的東西，統統交給時遠，這是我最後的使命。為了這個使命，我必須活著……但我活著卻隨時可能奪走時遠的生命。」

「螢，那是……」

「夕霧，件的預言一定會應驗。」

不會不應驗的。所以，件的預言將會成真。
螢拚命甩著頭，全身癱軟。
無力地垂下來的肩膀孱弱單薄，夕霧看不到螢被頭髮遮住的表情。
「件經常出現在我面前……」
少女的模樣恍若時間停止，她如吟唱般說著話。
當螢一人獨處，聽見水滴聲，件就會出現。像人工做出來的件面無表情地盯著她，視線冰凍得貫穿了她的心。
「哥哥以前可能也和我一樣。」
妖怪動不動就出現，宣告預言。一次又一次的耳語，慢慢在心中累積沉澱。
那些預言宛如甘甜的毒藥。
螢無聲地吶喊，使盡渾身力氣吶喊。
哥哥、哥哥、哥哥，你一直忍受著這樣的折磨嗎？儘管心被悄悄地、慢慢地、深深地摧毀，也獨自拚命抗拒，不告訴唯一的現影。
溫柔的哥哥、堅強的哥哥，雖然冰知說你所有的表現都是在騙我，但直到最後都不讓我知道真相的堅強是真的吧？
「哥哥……」

哪怕是一點點也好，請把你的堅強分給我。

「夕霧。」

沒多久，螢的聲音變得異常冷靜。

「若有萬一……」

警鐘在夕霧腦中大響。

「不准說。」

「請選擇保護時遠。」

「不准再說了。」

話說出口就無法抹消。

但螢還是輕輕搖頭說道：

「你要阻止我。」

這句話意味著什麼，夕霧不用問也知道。

他從背後緊緊抱住螢，不肯回答。

螢閉著眼睛，微微一笑說：

「我只能拜託你……若你把這件事推給其他人，我不會原諒你。」

夕霧緘默不語。

不會有那個時候的；不會發生那種事。

他氣自己無法如此斷言，更懊惱無法阻止螢說出那麼悲傷的話。

件的預言一定會應驗。

預言會困住螢的心，也會困住夕霧的心。

所以螢不會把這件事告訴其他人。

除了現影夕霧之外，她不要任何人承擔同樣的痛苦。

時守在臨終時也只告訴了他的現影冰知。

澎湃的水聲依然潺潺作響。

不久，夕霧抱起冷冰冰的螢，走回鄉里。

直到最後，他們都沒有發現，濺起水花的急流底下，有雙眼睛正注視著這一切。

件的預言一定會應驗。

聽見預言的人，心會被困住。

於是，攪亂未來的預言將慢慢地、準確地轉變為事實。

所以……

件的預言一定會應驗。

◇　◇　◇

風颼颼吹過，紫色花瓣更加狂亂地飛舞。

在森林之中，尸櫻是最高的樹木。太陰抱住膝蓋蹲坐在遠離那裡的櫻樹樹梢上頭。

風一吹過，參差不齊的髮梢就會撫過左臉，讓她知道變短的髮尾有多醜陋。

她看見用來綁頭髮的繩子被燒到只剩一半，快被花瓣掩埋了。

太神奇了，居然沒被燒光。

她伸出手想撿起來，卻打消了念頭。

堆積的花瓣底下，有一股蠢蠢欲動的氣息。因為她察覺到，如膠般的邪念發出噠噗聲響顫動著。

她心想，等辦完事再請天空重做吧。頭髮自然會再留長。不，說不定不用等到留長，晴明看不下去就會唸咒語讓她的頭髮恢復原來長度。

對，等事情辦完後，晴明一定會這麼做。

太陰臉上滑落一滴淚水，眼睛卻也沒眨一下。

看到淚水在膝蓋上碎裂，她自己也很驚訝，慌忙用手背猛拭淚。

「為什麼……」

她沒空哭。光連哭的餘裕也沒有。

這點小事算不了什麼，根本不算什麼。

忽然，有羽毛似的東西輕輕碰觸她的頭，宛如安慰她般溫柔地撫摸著她。

會這麼做的人——

「咦……」

太陰抬起頭，卻沒看見任何人。一陣風吹過，花瓣飄揚而去。

應該是花瓣撫了她的頭。因沒有任何人在，所以一定是這樣。

以前、很久以前，有個同袍會這樣撫摸她的頭。一個現已不存在的溫柔同袍。

「…………」

太陰咬住嘴唇，做個深呼吸站起來，跳向了比黑夜更漆黑的幽暗中。

沒空沉浸在感傷裡了。她必須趕快找出那兩個孩子，把他們帶來這裡。

安倍晴明說，不必管屍是死是活，只要把咲光映活著帶回來。

神氣纏繞、破風飛翔的太陰，注視著自己的手。

那名人類模樣的男孩，必定會挺身保護女孩，也必會反擊。

自己能否攻擊那名人類模樣的男孩呢？

「可以……」

而她不想那麼做。

但，非做不可。

「屍他們……在哪？」

不久之前，太陰捕捉到同袍的神氣，是強烈得驚人的狂流，有著通天力量，那絕對來自於勾陣。

爆發的神氣轉瞬就消失了。

之後再也沒有任何她的蹤跡。

不管飛到哪裡都是一片漆黑，看不到任何標的物，太陰只能靠直覺辨別方向。

勾陣神氣爆發的地方，似乎比她想像中遠多了。

從昌浩等人逃離現場、獨自留下來的騰蛇被朱雀砍傷，已經過了一段時間。

以人類的時間計算，應有一宿。

這段期間，太陰在這片廣大的櫻花世界飛來飛去，漫無目標地搜尋孩子們，也去過好幾個散布在一無所有的黑暗中的森林。

到處都是無盡的櫻樹、櫻樹、櫻樹、櫻樹。

花開花謝的森林，安靜得像失去了時間，只剩下靜謐。

邊凋零邊綻放的花朵，重複著永無止境的日子。堆積到看不見地面的淡紅花瓣，又被帶著紫色的碎瓣傾注並逐漸覆蓋淹沒。

太陰好幾次看著美麗的淡紅花瓣慢慢變成紫色。

離尸櫻越遠，便越多淡紅色的花朵綻放。然而，還是會漸漸染上如波浪般襲捲而來的紫色。

傳來勾陣神氣的地方，距離太陰搜索之處還很遙遠、相當遙遠。

翱翔天空的太陰，在一座森林的空曠處停下來。因為停得太急，綁在右耳上的一束頭髮和左側的亂髮，都往剛才前進的方向飄曳著。

神氣凌亂且喧囂。同袍所在之處還很遙遠，空氣卻已震盪起來，歪七扭八地翻騰著。

那是勾陣的神氣所造成的波紋。神氣本身已經消失很久了，餘波仍如此強烈。

太陰驚愕地倒抽了一口氣。

自己與其他同袍，真能從這股強大力量的主人手上奪去那兩個孩子嗎？

她的肩膀微微顫抖起來。

最強的騰蛇被朱雀擊倒了。太陰親眼看見，弒殺神將的火焰之刃雖然沒有燒毀騰蛇的靈魂，卻貫穿他的要害。鮮血從刀刃拔出來的地方噴濺出來，騰蛇便倒下了。

太陰用眼角餘光，看著紫色花瓣漸漸地、靜靜地覆蓋在動也不動的騰蛇身上。
她不敢直視。
她好怕，真的好怕。太陰不知道騰蛇是生是死。但她明白，騰蛇的火焰能夠輕易地把她燒死。遍布身體各處的燒傷，都沒有復原。這並非普通的燒傷，要花很長的時間才會痊癒。
左手背被燒得很痛。傷口因剛剛擦過眼淚，半濕不乾，又疼痛起來。
同時，老人的臉龐閃過腦海。
——妳不會受那麼一點傷就喊痛吧？十二神將太陰。
她的藍紫眼眸大大地震盪且凍結。太陰強忍著快要爆發的情緒，努力把持住自己。
從下方傳來微弱的聲響。
有誰在這座森林裡嗎？
瞬間，她這麼思忖，但很快想到是什麼東西在那裡。
盛開的花朵下、飄落飛舞的花瓣底下，有東西噠噗作響，如波浪般喧騰。
是幾千、幾萬、幾億張的臉、臉、臉、臉、臉、臉、臉、臉。
那些約莫櫻花大小的臉，低聲哼唱著什麼。
太陰並不想聽，但卻反而敏銳地捕捉到音律。

風呼呼吹起。奇特的鼓譟聲，猶如不斷襲捲而來的波浪，一次次重複。

『已矣哉。』

太陰的背脊一陣戰慄。

仔細一看，從飄搖的花朵前的樹枝與樹枝之間，可以看到小泡泡從堆積的淡紅花瓣下噗嘟噗嘟冒了出來。

比大拇指的指甲還小、看來像泡泡的臉，跳出來又沉下去，花瓣被彈得四處飛散。

『已矣哉。』

如漣漪般不斷重複的聲音，潛入了太陰耳內。

飄浮在半空中的她，不由自主地往後退。她不得不這麼做。

『已矣哉。』

看起來很開心；看起來很歡樂。

從花瓣底下湧現。

數量多得驚人，幾乎要淹沒整片櫻花森林的臉，邊嗤笑邊哼唱著。

「什麼已矣哉？」

已矣哉。已矣哉。已矣哉。已矣哉。已矣哉。

已矣哉——意思是，無可救藥，已經完了。

無數張臉哼唱著。

太陰驚恐地倒吸一口氣，摀住耳朵。

無數張臉雀躍地望向她顫慄的眼眸，陰森地嗤笑著。

太陰東張西望，試圖甩開邪念的聲音。

儘管慌張得無法分辨方向，她也不想繼續待在這裡。

誰來救救我啊！

神氣迸裂，把眼前開始變為紫色的櫻花瞬間炸飛。

神氣之風將摀著耳朵的太陰帶離現場。

同袍的臉閃過腦海。

「白虎……」

太陰的淚水忍不住潰決。
已矣哉。已矣哉。已矣哉。已矣哉。已矣哉。已矣哉。
「玄武……」
不管怎麼拚命地逃，那聲音依舊窮追不捨。
已矣哉。已矣哉。已矣哉。已矣哉。已矣哉。已矣哉。
「天一……！」
神氣之風箭也似地飛行，劃破空氣，透明的水滴被擊碎，噴濺四處。
已矣哉。已矣哉。已矣哉。已矣哉。已矣哉。已矣哉。
太陰閉著眼睛，發出慘叫般的吶喊。
「晴……明…………！」
無數張臉對著神將們的背影，發出噠噗聲響哼唱著。
『已矣哉、已矣哉……已矣……哉──』
所有的一切都完了。

2

◇　◇　◇

忘了是哪一天。

這個國家的前五大神明「龍神」，曾問過他。

——你最害怕的是什麼？

由於問得太唐突，想必他的表情相當驚訝。

琉璃色的雙眸，閃爍冰冷的光芒。記憶中的這張臉，又問了一次。

他自己的聲音在耳朵深處繚繞。

——我最害怕的是……

他注視著自己的手，沉重地低喃。

當時，一邊呼喊那個名字，一邊伸出去的手——

◇　◇　◇

在無聲無息飄落的片片紫色碎瓣中，十二神將朱雀注視著自己的手心。

他最害怕的是——

「………」

朱雀以幾乎聽不見的聲音低語著，他望向淡紫色花瓣如同暴風雪一般狂亂地飛舞的前方。

穿過尸櫻的森林，前面是一整片比黑夜還要昏沉的黑暗。白色怪物搖搖晃晃地走著，就快被那片黑暗吞噬。

斑斑點點的紅色血滴，緩緩被花瓣掩埋。被掩埋後，屏氣潛藏的邪念便會一湧而上，貪婪吞食留在那裡的生氣。

朱雀揮舞的刀刃，貫穿了十二神將火將騰蛇的胸膛。刺穿肉體的笨重衝擊力道，還留在朱雀手中。

他把手伸向放在旁邊的大刀，微微瞇起了眼。

以前，昌浩跟他一樣，也曾用這把刀刺穿騰蛇的身體。

當時的傷疤仍殘留在騰蛇身上，只是肉眼看不見。朱雀也毫不猶豫地刺向了相同的位置。

可能會死，也可能不會死，就像賭博。然而，十二神將中最強的生命力，有著超乎想像的堅韌。

「…………」

朱雀不由得苦笑起來。

倒下的騰蛇會變成怪物的模樣，恐怕是無意識的反應。變成那副模樣，可以減少神氣的消耗。

「但那樣會要了你的命啊，騰蛇。」

火焰之刃釋放出來的弒神力量，還留在騰蛇體內。變成怪物的模樣是不會死，但騰蛇的神氣也完全被封鎖了。

維持那副模樣，貫穿胸膛的刀傷便不會痊癒。看不見也摸不到的刀影，依然插在他的身上。

變成無力的怪物模樣，能夠走到昌浩他們那裡嗎？就算走得到，又能拔除身上的刀影嗎？

即便能夠拔除刀影，只要弒殺神將的力量還殘留在騰蛇的體內，那麼他就無法恢復通天之力。

唯有朱雀能去除那股力量。

聽不見的聲音化為震動，從朱雀的肌膚窸窸窣窣地往上傳送。在覆蓋地面的花瓣底下，有無數張臉鑽動潛伏。

震動有種奇妙的規則性，彷彿在編織著什麼旋律。

看得出來，一群邪念如捲起波浪般無聲地追逐著小怪。

朱雀所在之處，也有那些傢伙潛藏在堆積的花瓣下，隨時側耳傾聽。

但朱雀對它們不感興趣。

「騰蛇，最後你還是會帶著那兩個孩子回到這裡。」

走向黑暗的白色身影，變得比花瓣更小了。

淡金色的雙眸絲毫不帶感情。

「你會不得不回來這裡。」

因為尸櫻要得到他們兩人。

在如同雪片飄落的淡紫色花朵之中，朱雀忽然顫動眼皮，望向遠方。

——哇，好棒，我也想要那樣的肌肉。

他握著大刀刀柄的手，莫名地握得更用力了。

那是晴明準備去吉野的前兩天晚上。

因為東忙西忙，很久沒好好聊天，所以同袍們都擠進了昌浩的房間。

昌浩的房間並不寬敞。連騰蛇都設想周到，讓出了位子給同袍。長期陪昌浩待在播磨的勾陣也一樣，靠在通往外廊的木門上，環抱雙臂站立。

已經三年半沒有這樣圍著昌浩聊天了。在場的有太陰、玄武、天一，還有自己。白虎怕人數再增加會太擁擠，所以沒來。

在搖曳的橙色火光中，他們度過了平凡、安靜、祥和的時間。

對神將來說，幾年的時間並不長，相較於人類的感覺，只是一瞬間而已。

然而，縱使僅是短短的三年半，原本還帶著稚氣的男孩卻成長許多。他們感到驚訝的同時，也對他充滿了期待，只是有點遺憾沒能看到他成長的全部過程。

十二神將們跟隨安倍晴明後，知曉了很多事。人類小孩逐漸成長的模樣，帶給了神將們新鮮的驚奇感、喜悅與歡樂。晴明的孩子們、孫子們，都讓神將們產生了前所未有的情感。

與人類往來，竟有這麼難得的收穫。要是對以前的自己說，以前的自己會有什麼樣的表情呢？

朱雀握住了剛才握著刀柄的手指。

「我替你綁頭髮，你要覺得光榮啊！昌浩，這種事很難得呢。」

朱雀喃喃低語後，閉上了眼睛。

當時聚集在橙色火光中的神將們，現下都不在朱雀身邊。
風的音律敲響耳朵。花飛雪漫舞。黑膠在堆積的花瓣下蠢蠢震顫。
之後，從聳立在森林深處的尸櫻樹根，傳來老人微微低吟的聲音。
「我和你約好了呢，昌浩。」
朱雀答應過要教昌浩劍術。
不擅長劍術的昌浩想跟朱雀學劍，朱雀答應教他，就像教他哥哥那樣。
他們已經說好了。
『……哉……已……矣……哉……』
從堆積的花瓣底下傳來哼唱聲。
啊，事到如今，已經完了。
花飛雪前已經看不見小怪的身影。
朱雀握著大刀緩緩站起來。
踏出去的步伐稍微往下沉，似乎有東西從赤裸的腳底滑溜過去。
邪念潛藏在堆積的花瓣底下，吸食著朱雀的神氣。
朱雀嘆了一口氣，繼續往前行。這座森林已經被躲在層層花瓣之下、如膠般的邪念所覆蓋了。

即便如此，紫色櫻花依然美麗地綻放。起碼在朱雀眼中是這樣。

忽然，在尸櫻附近迸射出神氣的漩渦。

睜大眼睛、拔腿奔馳的朱雀，看到尸櫻周圍的地面連同樹木被深深刨起，驚訝地倒抽了一口氣。

橫眉豎目的青龍，使出渾身力量往下劈的大鐮刀插在地面上，全身放射出鬥氣。帶點灰白色的鬥氣所捲起的風，將朱雀的肌膚刮得隱隱刺痛。

「青龍，你在做什麼？」

拔出大鐮刀的青龍瞥了一眼滿臉疑惑的朱雀，越過他的肩頭望向尸櫻。

「我只是驅散凝眼的邪念。」

他炸開匯集在刀尖的通天力量，強行驅散圍繞於尸櫻的邪念。

站在尸櫻樹根旁的老人應該也受到了爆風與爆炸威力的衝擊，卻還是紋風不動地背對著神將們。

滿天飛舞的花瓣翩翩飄落而下。被爆風颳落花朵的樹枝，迅速冒出花蕾，綻放出鮮豔的花。

那些花的顏色，是比其他花更濃郁的紫色。

青龍的眼睛閃過厲光。

新開的花開始凋零。花瓣片片掉落在被爆風吹得乾乾淨淨而裸露的淒涼地面上，宛若紫色顏料灑在黑紙上，又逐漸覆蓋了地面。

在花瓣落地前，小臉從土裡冒出來，對著青龍與朱雀嗤笑。無數張臉從飄落的花瓣底下探出來，吧嗒吧嗒動著嘴巴。

歌唱般的低喃，傳進了兩人的耳裡。

『已矣哉。』

躲在花下的臉哼唱著。

『已矣哉。』

沒多久，這句話如漣漪般擴散開來。

青龍緊緊握住手中的大鐮刀，氣得大叫：

「混帳……！」

藍色的雙眸增添了紅色，散發出來的神氣更加激烈，震盪了空氣。

又要揮起大鐮刀的青龍背後，飛來平靜的聲音。

「你們在做什麼？」

青龍和朱雀的動作瞬間靜止，平靜得嚇人的聲音，嚴厲斥責他們。

「我不是叫你們把咲光映帶來嗎？」

「可是……！」

老人的一句話就壓住了企圖反駁的青龍。

「把她帶來。」

沒有抑揚頓挫的聲音，教人難以抗拒。

「把她帶來屍櫻這裡，除此之外，其他事都不用管。」

青龍以近似殺氣的強悍眼神瞪著晴明的背影，用力咬住了嘴唇。

朱雀注視著老人的眼神，平靜得超乎尋常。

沉默降臨了現場，只能聽得見穿梭於樹木間的風兒，因吹落花朵而響起了如波濤般的聲響。

沒多久，老人對著屍櫻如歌唱般說起話來。

那是神將們聽不見的聲音，如風聲、如浪聲、如保有美麗秩序的歌聲。

老人絕不回頭。

瞪著他的背影看了好一會兒的青龍，收起大鐮刀，憤然轉身離去。

「青龍，你要去哪？」

「不知道。」

屍與咲光映的下落不明。稍早，同袍的神氣在某處爆發，但身在屍櫻森林裡的他們，

並不清楚那個地方的確切位置。

這座森林會擾亂時間與距離的感覺。

他們不知道這個綻放紫色櫻花的世界究竟是哪裡，只知道既不是人界，也非神將們居住的異界。

時間的流逝是歪斜的，空間本身也被壓扁，使他們的感官逐漸失去正確性。

櫻花會使生物發狂。招來死屍的櫻花，也會使位居神明之末的神將們發狂。

足以證明神將們也是生物呢——朱雀漫然想著這種無聊的事。

青龍離開後，朱雀嚴肅地質問：

「晴明……」

沒有回應。他早知道會這樣，所以逕自往下說：

「把咲光映帶來，你就會恢復正常嗎？」

老人依然哼唱著歌，看都沒看朱雀一眼。

風吹了。

隨風飄舞的花，美得讓朱雀不禁閃過一個念頭。

啊，好想讓妳看看。

◇　◇　◇

進入陰曆三月後的第一個巳日，是上巳①的祓②。人們會用被稱為「贖物」的娃娃撫觸身體，再對著娃娃吹氣，把病源或污穢轉移到娃娃身上，然後把娃娃丟進河裡或海裡，請陰陽師祓除厄運。或者前往水岸邊，把手、腳泡進水裡，待完成修禊與祓除厄運的祭祀後，便舉辦曲水之宴③。

月份一更新，幾乎所有貴族就會把病源、污穢轉移到預先備好的贖物上，交給請來家裡的陰陽師，讓陰陽師替全家人祓除厄運，帶走贖物。

在巳日時，陰陽師們會把到處收來的贖物拿到河邊放水流，然後在水邊祓除厄運。順利祓除厄運後，受邀參加曲水之宴的人就去參加宴會，沒受邀者就各自散去。

上巳當天，眾多宅院都會舉辦曲水之宴，貴族們一面嬉戲一面喝酒，興高采烈地唱歌喧鬧。

但這幾年來，也不興舉辦曲水之宴了。

傳染病依然流行，可謂是國家梁柱的皇上，身體狀況也不好。而很多失去親人者也因正在服喪，形成忌諱熱鬧玩樂的社會風氣。

時序剛進入三月，住在竹三条宮的內親王脩子並不想像其他貴族那樣請陰陽師來家中，希望可以去河邊修禊、袚除厄運。

雖已春天，但河水還是很冷，所以命婦反對。脩子反駁道：「比起伊勢的海，那條河根本不算什麼。」逼她讓步。

看到命婦繃著臉、咬著嘴唇的模樣，脩子感到有點抱歉，但她實在很久沒有出外走走了。

脩子自從去年冬天去過賀茂的齋院以來，除了進宮晉見皇上外，因為命婦不准，她便沒有出門過。

這麼堅持的命婦之所以讓步，是由於脩子懇求她說：「袚除厄運後，我想在附近寺廟住一晚，為父親祈禱早日康復。」

以前，脩子也曾遠赴伊勢為母親祈禱。比起遙遠的伊勢，賀茂川近多了。

那邊的寺廟多不勝數，命婦問她要住哪間，她說想住清水寺。

知道脩子的意願後，命婦立刻轉達清水寺，開始做準備。

命婦和侍女們，今天也因出發的準備而忙進忙出。

脩子坐在寢殿外廊的榻榻米與鋪墊上，望著前方庭院的樹木。

現在是三月，春天已過了大半，白天暖和許多，但命婦仍說要是受寒就糟了，硬叫人準備衣服和火盆。

脩子告訴侍女不用準備火盆，只把衣服披在膝蓋上。

為了怕她無聊而搬來的書桌上放著硯台盒與詩箋。剛才她試著隨興吟唱幾首，但都只能吟出好像聽過的歌。

小妖們在庭院跑來跑去，追逐飛起來的白粉蝶，可能是追累了，爬上了外廊。

「喲，怎麼了？公主。」

「妳好像很無聊呢。」

「來，跟我們玩捉迷藏吧？」

脩子苦笑著搖搖頭，對你一言我一語的小妖們說：

「不行，被命婦看到會挨罵的。」

其實，她也很想與小妖、嵬一起在庭院奔跑、玩耍，但她知道她的年紀已經不能那麼做了。

在伊勢時，脩子過著與一般小孩無異的生活。她好懷念那段時光，甚至覺得到了喜愛的地步。

回想起來，當時有很多侍女和雜役，但只有藤花和雲居直接照顧她。她們兩人給了脩子最大的自由。

合抱雙臂的猿鬼，皺起眉頭說：

「當帝王家的內親王可真累！」

獨角鬼爬到脩子披在膝蓋上的衣服上面，舉手發言：

「真的呢，像我們都過得很自在。」

「想旅行就可以馬上出發。」

把尾巴纏在高欄上、吊在半空中的龍鬼，嘿咻一聲跳下來。

「公主只是要去寺廟，為什麼要花這麼多時間呢？」

「快去快回不就行了？」

「就是啊，幹嘛要做準備、整理道具，每天從早忙到晚。」

小妖們真的想不通，脩子愁眉不展地說：

「是啊，可以快去快回，我也會覺得輕鬆點。」

但她的身分不允許她這麼做。

漆黑的烏鴉啪沙啪沙地降落在唉聲嘆氣的脩子肩上。

『哎呀，怎麼了？內親王啊，妳的表情怎麼有些憂鬱？是不是你們幾個說了什麼不該說的話?!』

被狠狠一瞪，三隻小妖都嘟起了嘴頂撞回去。

「我們才沒說不該說的話呢！」

「我們只是說，要去寺廟的話，快去快回就行啦！」

「我們只是說，搞不懂幹嘛要大費周章，花那麼多時間來準備。」

豎起眉毛的烏鴉，靈活地彎起一隻翅膀，按在鳥嘴上說：

『內親王是內親王，當然要這麼做啊，搞不懂你們搞不懂什麼。』

然後，烏鴉又在心裡暗自嘟囔：

『憑我家公主的家世與身分地位原本也不必待在這種地方，混在人類之流裡面當一個侍女啊！』

嘰哩呱啦碎碎唸的烏鴉，忽然歪起頭問：

『寺廟？內親王啊，妳要去寺廟做什麼？』

脩子眨眨眼睛答：

「前幾天我在畫卷裡看到，音羽山裡的瀑布，水很清淨，可以延壽。我想帶那裡的水回來給父親喝，說不定父親會因此好轉起來……」

烏鴉張大了眼睛。

當今皇上長期臥病在床。嵬認為，他不是生了什麼病，而是耗盡氣力導致身體衰弱。皇上是映照國家的鏡子，所以嵬也明白，那不會是導致身體衰弱的唯一原因。

『內親王，妳……』

嵬說到一半，聽見啜泣聲，瞇起眼睛。它轉頭一看，小妖們竟然哭得一把鼻涕一把眼淚。

不知道怎麼一回事的嵬，滿臉訝異。三隻小妖看都不看它一眼，圍繞在脩子膝邊。

「公主……」

「妳真是……」

「妳真是個好孩子、真是個好孩子啊，公主……！」

被脩子感動的小妖們哭得唏哩嘩啦。嵬看著它們，感嘆地垂下肩膀，轉過頭去。

有人從渡殿走來，衣服鮮豔的顏色映入眼簾。是侍女們。

被她們看到烏鴉纏著重要的內親王，必定會引發大騷動。

嵬從脩子的肩膀飛起，移到高欄外的樹木的樹枝上。

來者是藤花和侍女同事。

嵬跳到其他樹枝上，邊整理翅膀邊觀察狀況。只有藤花的話，它就會再飛回脩子那裡，但還有另一人在就沒辦法了。

它記得，那名侍女叫菖蒲，是上個月中旬才進來的。

比藤花大三或四歲，是個五官清秀、凡事保守的女孩。雖不突出，但做事眼尖手快，命婦很喜歡她，也十分器重。

兩人跪坐下來，對脩子行了個禮。菖蒲開口說：

「請容我來報告明日行程。」

上午從宅院出發，正午到達賀茂川邊的祭祀場所。所有儀式圓滿完成後，在申時內進入音羽山的清水寺。住過一晚，在後天傍晚回到竹三条宮。

「由命婦大人、雲居大人，以及我僭越隨行。」

脩子點點頭。這次由藤花留守。

她交代過，盡量減少照顧她生活起居的人，因為她不想太招搖。

可能的話，脩子還想去很久沒去的賀茂齋院參拜，但這是不可能的事。在事情尚未完全平息前，命婦不會准她去的。

「知道了，妳們退下吧。」

小妖們跳起來，追上藤花。可能是因為菖蒲在，藤花一副沒看到它們的樣子。

但今天是初次見到藤花，理所當然要打聲招呼，否則被當成是不懂禮貌的妖怪就不好了。

藤花根本不會這麼想，可這是身為妖怪的義理。

從外廊轉到渡殿時，藤花和菖蒲停住了腳步。

「啊……」

獨角鬼皺起了眉頭，猿鬼和龍鬼的表情也很難看。

她們跪在渡殿邊緣，低下了頭。站在她們面前的是命婦。

小妖們都不喜歡這個命婦，說穿了是非常討厭。

她對脩子很嚴厲，對藤花更是冷漠。不管藤花怎麼做，她都不滿意，所以也經常看見她動不動就責罵藤花。

看到藤花不反駁，只是忍耐，小妖們更覺得不用罵成那樣吧？

命婦今天也不斷對藤花發牢騷，好像是因為藤花沒把她交代的事情做好，讓她很不滿意。

「快去重折。」

因為怕天氣可能又會變冷，幾件脩子的冬衣還放在外頭沒收起來。而現在春天已經過了一大半，命婦說應該穿不到了，藤花便和菖蒲一起把所有衣服都仔細折疊後，收進唐櫃裡。

當命婦要將親手為脩子縫製的初春外褂收起時，就看到她交代藤花與菖蒲收好的衣服沒折整齊。

「倘若縫線沒對齊，明年拿出來時會皺得相當嚴重，妳到底有沒有在看？」

「對不起，我馬上去整理。」

藤花急著要趕去倉庫時，命婦厭惡地嘆了口氣說：

「我已經折好了。」

藤花深深低下頭。在她身旁的菖蒲，神情狼狽地開口道：

「請問命婦大人……」

「什麼事？」

看到命婦嚴厲的眼神，菖蒲的臉都嚇到蒼白，她顫抖地接著說：

「是放在最上面的梅花圖案的外褂嗎？」

「嗯，是啊。」

搜尋了記憶的命婦一點頭，菖蒲的肩膀就大大顫抖起來。

「那麼，那件是我折的，對不起……！」

由於事情出乎意料之外，命婦眨了好幾下眼睛，交互看著藤花與菖蒲。

表情嚴厲的命婦，對縮起身體低著頭的菖蒲說：

「是嗎……以後小心點，不要再犯。」

「是，我會謹記在心。」

命婦瞥了藤花一眼。小妖們看到那麼冷漠的視線，心情大亂。

命婦拖著衣服下襬離開後，菖蒲差點跪下來向藤花磕頭。

「藤花大人，因為我的不小心，連累妳了……」
藤花微笑著搖搖頭，向急得快哭出來的菖蒲說：
「請不要在意。我也是笨手笨腳，再怎麼用心做好工作，還是漏洞百出。」
然後，藤花又催促菖蒲：
「好了，快去準備明天的事吧。」
看到藤花沉靜的笑容，菖蒲才安心地點點頭道：
「好，明天我要與公主同行，絕對不能有任何失誤。」
忽然，她歪起頭說：
「但……為什麼是剛來的我陪公主去，而不是藤花大人呢？」
藤花屏住氣息，曖昧地笑了起來。
「一定是因為……要我在公主回來之前，把新的夏衣做好吧？昨天命婦大人把她買的綢緞送來了……」
菖蒲的眼睛亮了起來。
「啊……！藤花大人的速度很快，做得又漂亮，我也很期待回來時，可以看到藤花大人做好的衣服。」
兩人邊開心地聊著送來的綢緞是什麼花色、什麼樣的織法，邊走過了渡殿。

看著這幕的猿鬼，拱起肩、豎起眉毛說：

「什麼東西嘛……」

獨角鬼和龍鬼也跟猿鬼一樣，無法壓抑憤怒。

「命婦那傢伙，為什麼只對藤花那麼冷酷啊！」

獨角鬼氣得直跺腳，龍鬼氣得大叫。

「也罵罵那個新來的侍女嘛！」

猿鬼直挺挺地站著，模仿命婦剛才的口吻。

「是嗎……以後小心點，不要再犯。」

隔了一會，獨角鬼和龍鬼大叫起來。

「妳給我小心點！」

「開什麼玩笑！」

「知道藤花是誰嗎？藤花是、藤花是……」

它們不能再往下說了。即使一般人聽不見小妖的聲音，但也有可能會在某處被某人聽見。

譬如說，有人意外看到了小妖的身影，或是聽見小妖的聲音。

所以，絕對不能說出真相。

「哼！」

因為不能說，小妖們抓狂了。

它們發出沒有意義的叫喊、猛踹外廊、咚咚敲牆，但還是無法洩憤。

這樣大鬧了好一會兒的三隻小妖，吁吁喘著氣，兩眼發直。

「不可原諒……」

三隻小妖異口同聲地低嚷，彼此互看一眼，默默點了點頭。

小怪的陰陽講座

①三月初三。

②除災求福的祭祀。

③在有流水的庭院，出席者坐在流水旁，把酒杯放水流的活動。出席者必須在酒杯流過之前唸一首詩、喝杯裡的酒，再讓酒杯往下流，然後在其他會場講解那首詩。

3

安倍成親在陰陽寮陰陽部的一個房間裡唉聲嘆氣著。

「還是沒消息啊……」

祖父在上個月的月底失蹤了。他們派小弟去追查，至今仍然沒有任何音訊。

安倍晴明失蹤一事，不但瞞著陰陽寮大部分的人，也瞞著皇宮貴族。想也知道，事情若傳出去，不只貴族就連當今皇上都會陷入恐慌。無論如何都要避免這種事發生。

陰陽頭、陰陽助、天文博士、陰陽博士、天文得業生。

只有這五人知道真相，除了陰陽頭外，都是安倍晴明的親人。

「所以事情才好辦。」

對外是說昌浩出差，因為有事非請示安倍晴明不可，所以派陰陽生昌浩去找晴明。

陰陽博士接到命令，說要找個人替陰陽頭辦這件事，考慮到是親人的話，晴明會比較自在，便派了最沒有牽絆的昌浩到吉野。

這事有點棘手，所以昌浩可能要花點時間才能帶回安倍晴明的裁示。「事情就是如此，請大家多擔待。」

成親這麼告訴陰陽生們，他們也無異議地相信了。因為對陰陽生而言，陰陽頭的事離他們太遙遠了。

而且，他們的頂頭上司陰陽博士就是安倍成親。他的老奸巨猾是遺傳自晴明，陰陽生們還相當稚嫩，當然不可能看穿真相。

但是，有個人例外。

上完當天的課正要回陰陽部的成親，被一個語氣聽來客氣的聲音叫住了。

「博士。」

成親停下來，看了一眼天花板，裝出正經的表情才回過頭去。

是陰陽得業生藤原敏次。

他手上抱著線裝書、捲軸與硯台盒。

「昌浩大人還沒回來嗎？」

成親用力點頭答道：

「是啊，去吉野雖是不遠，但事情有點棘手。」

「是嗎……不會是回不來了吧？」

聽到帶著憂鬱的台詞，成親的眼光閃爍了一下。但他很快隱藏那樣的反應，稍微側著頭，裝出逗趣的口吻說：

「原來我家老么這麼不值得信賴啊?」

「啊,不是的!我不是那個意思!」敏次慌忙否定,手足無措地解釋說:「我絕對沒有那種意思!只是,該怎麼說呢……京城的氣氛十分凝重,所以陰陽頭要請示晴明大人的事,想必是……」

想必是與京城、皇上息息相關,重大且嚴重的事。

「為國家奉獻生命是我們的本分,因此應該以陰陽寮的使命為優先……可這麼一來,他的學習又要落後了……」

即使是本分,昌浩也太可憐了。

剛從播磨國回來的昌浩,這三個月來都很認真上課。

「起碼要讓他快點……」

敏次忽然別過頭去,摀住嘴巴,喀喀地咳了起來。

猛烈咳了半晌後,他臉色蒼白地道歉。

「對不起,好像又犯了……」

他在陰曆二月底患了重感冒。請四天病假後,痊癒回來上課,但這幾天好像又犯了。

「晚上比想像中冷,對病情不太好。」

「不要太累,多休息幾天,把病徹底治好吧。」

敏次很認真地回應陰陽博士：

「沒這麼嚴重，只是咳起來就無法呼吸，有點難過。」

其實身體還有點沉重，但真的只有一點點。可能是因為之前的感冒太過嚴重，體力消耗了大半，還沒完全復原吧。

只因為這樣就不來陰陽寮，無法成為陰陽生的榜樣。做好健康管理，也是工作之一。得業生是陰陽生的典範，怎麼可以那麼沒用呢？

成親聳聳肩膀說：

「咳嗽比你所想的更耗體力哦……」

「是，謝謝關心。」

敏次行個禮，從成親旁邊走過去，走回陰陽部。

目送他離去的成親，耳朵響起直接灌入大腦的聲音。

《他是個好人呢。》

成親眨個眼睛，移到外廊邊緣，只把眼珠子轉向旁邊。

「是太裳啊……出了什麼事嗎？」

成親的聲音有些緊張。不過，這般的緊張程度大部分的人都不會發現，只有非常了解他的人，才會察覺如此細微的變化。

《沒有，只是……》

隱形的神將似乎淡淡笑了起來。

《天后說，成親大人可能會擔心夫人的狀況。》

成親的妻子篤子突然昏倒後，一直臥床。她懷了第四個孩子，但體力的消耗比之前三個都嚴重。

基於某些理由，成親並不想要第四個孩子，所以篤子原本很煩惱，該如何告訴成親懷孕的事。

讓她這麼煩惱，成親非常自責。

垂下視線的成親，發現外廊下面有被挖過的痕跡。他想起這附近有種植楊桐樹，現在卻遍尋不著。

是枯了嗎？

成親的眼睛泛起厲色。不只宮內，京城各處、京城外，都有無數的樹木枯槁。寢宮南殿的櫻樹開花了，但其他櫻樹卻沒開多少花。

即將到桃花盛開的季節，開花的桃樹也寥寥無幾。

由於桃樹能驅邪，成親居住的參議宅院也種了幾棵，但看得出來一日比一日虛弱。

成親有不祥的預感，於是請神將注意妻子的狀況，若有異狀立刻向他報告。

聽到太裳的回答，成親鬆了口氣。

「沒事就不要來報告嘛，嚇死我了。」

《對不起。》

太裳立刻道歉，成親搖搖頭說：

「別這麼說……其實你們現在也沒心情管這種瑣事，我不該拜託你們。」

話一說完，十二神將太裳就在成親旁邊現身了。

向來慈祥、溫和的神將，罕見地豎起了眉毛。

「請收回瑣事這句話。」

真的很罕見，太裳的語氣帶著些許粗暴，嚇壞了成親。

攏著袖子將雙手藏在袖裡的太裳，面對瞠目結舌的成親，表情更嚴厲了。

「你擔心身懷六甲的妻子，拜託我們看顧，你認為我們會當作瑣事嗎？成親大人，你怎麼會這麼想呢？我們從你小時候就陪在你身旁，你還不了解我們嗎？」

語氣雖然粗暴，但比起騰蛇、青龍等同袍，其實不算什麼。

但很少生氣甚或豎起眉毛的太裳，其兇狠模樣仍是讓成親啞然失言。

看起來比安倍吉昌的長子年輕很多的神將，半晌後垂下視線說：

「不……會讓成親大人說這種話，是我們該覺得慚愧。」

太裳轉變態度，沮喪地垂下了頭，成親不知道該對太裳說什麼。

安倍晴明全無消息。不只這樣，連隨行的十二神將的氣息都掌握不到。

留在安倍家的天空，接到消息也不為所動。但很可能不是不為所動，是努力保持平靜。相對地，待在異界的天后與太裳就十分慌張，擅自決定要去人界，卻被天空制止了。

——晴明有青龍等同袍跟隨。騰蛇、勾陣、昌浩也都去找他，六合已採取行動。你們就地待命，有什麼異狀時，負責保護安倍家的血脈。

兩人忍著不往外衝，聽從天空的命令。

這時，成親把他們請來，拜託他們看顧妻子，他們立刻答應了。

「別感到慚愧，不然我會無地自容。」

成親縮起肩膀，說得很輕鬆，但太裳的表情仍是嚴肅。

「有天后跟著夫人和孩子們，所以請放心。」

「你呢？」

「我要去保護昌親的家人。」

昌親的女兒梓被妖怪擄走，回來後一直處於危急狀態。聽六合說，是道反的公主救了她。

「被道反公主搶了鋒頭，我身為十二神將，非挽回名譽不可。要不然，晴明大人回來時，我會被同袍指責。」

太裳說得輕鬆自若，恢復了原有的柔和。

成親苦笑回應。太裳瞇起眼睛，行個禮便隱形了。

等神氣消失後，成親抬頭仰望天空。

微陰的天空是令人鬱悶的色彩。

「爺爺、昌浩，你們趕快回來啊……」

喃喃低語的成親的背影，看起來比他自己想像中還要疲憊。

工作結束的鐘聲響起，藤原敏次很快收拾好東西離開。

明天是上巳的祓，陰陽寮的寮官們大多要去賀茂川的祓場。

敏次已經答應他所尊敬的藤原行成，要替他準備贖物。

行成以前都是委託安倍晴明。當敏次晉升為陰陽得業生的隔年，他就改託敏次了。

為了不辜負行成的期待，敏次非常努力，成績卓越，行成也更因此仰賴他。

敏次很高興，更是不斷、不斷地鑽研，鼓勵自己提升實力。

輕咳幾聲的敏次，「唉」地嘆了一口氣。

不小心讀書讀到三更半夜，害他得了重感冒。好起來後，又熬夜製作行成與其家人、

傭人們的贖物。咳嗽會再犯，完全是由於睡眠不足。

「明天過後就能稍微休息一下了。」

敏次先回家拿準備好的贖物盒子，再到行成位於四条的宅院。

途中，因看到某戶人家的庭院有桃花綻放，他便進去拜訪這家人，請求分給他一枝桃花樹枝，這家人欣然答應了。

聽說這個家只有兩人，敏次就把多預備的贖物給他們，請他們轉移病源和污穢，再幫他們唸祓詞。這家人非常開心，所以敏次原本只要一枝桃花枝，他們卻給了三枝。敏次也沒忘記幫桃樹本身唸誦祈福的祭文。桃樹有點衰弱，唸過祭文後似乎恢復了生氣。

敏次把接收污穢的贖物用布包起來，放回盒子內，抱著樹枝趕去行成家。

忽然，他抬頭看向天空。

再不到一個月，春天就要結束了。暮色低垂、天空微暗的京城，感覺像是蒙上了一層鬱悶的面紗。

呸鏘。

敏次驚訝地尋找傳入耳裡的微弱聲響。

這裡是馬路中央，到處都看不到水池或河川。
他抱著贖物的盒子和桃花枝，環視周遭。
眨個眼，覺得背脊掠過一陣寒意，他倒抽了一口氣。
「………」
有視線盯著他。
不知道是從何而來的視線，敏次也沒心情確認。
他把焦點對準天空，跨出了步伐。他並不急躁，但想盡可能趕快離開現場。
心臟撲通撲通狂跳，並非因為快步疾走，而是那之外的某種東西，加速了他的心跳。
敏次在嘴裡唸著祓詞，片刻不停地趕路。
心想：啊，現在是逢魔時刻呢。
這麼思考的同時，又擔心那件要去請示晴明的事，腦中莫名其妙浮現不知何時會回來的後輩的臉，揮之不去。
他走過的地方，有扭曲的黑影蠢動，分裂成藤蔓般的形狀，窸窸窣窣地搖曳隆起。
藤蔓的前端浮現指甲大小的臉，嘴巴吧嗒吧嗒張合，注視著敏次的背影。
眼睛眨也不眨地盯著敏次背影的臉，一溜煙沒入陰影之中，不知道往哪裡退去了。

◇　◇　◇

響起颯颯風聲。

昌浩迷迷糊糊地張開眼睛。

他好像是抱著膝蓋，額頭靠在膝蓋上，就那樣睡著了。

迷濛的大腦逐漸清晰，想起目前的狀況後，昌浩才驚慌地環顧四周。

眼前是壯觀的櫻花森林。放眼望去，無數的櫻花瘋狂盛開，風吹花朵落。飄下的花朵覆蓋地面，形成無限延伸的櫻色床單。

十二神將勾陣動也不動地躺在特別粗壯的森林之主的樹根旁。

心跳好快。昌浩站起來，環視周遭，在稍遠的樹底下發現了兩個孩子。

男孩與女孩依偎在一起睡著了。女孩靠在男孩肩上，男孩握著女孩的手。

是屍和咲光映。大概累壞了，兩人都昏睡不醒。

昌浩觀察四周狀況，似乎沒有刺激直覺的危險。

「………」

昌浩搖搖頭。

心想不對，這座森林本身就很危險。並不是沒有可以明顯感覺到危險的東西，而是自己已經習慣了森林的詭異。
他在勾陣旁邊蹲下來。
身為鬥將的她，有人這麼靠近，卻沒有反應，真的很罕見。
她的神氣被邪念與櫻樹吸乾，沒有力氣醒來，連一根手指都動不了。
她還有呼吸，但淺慢得令人害怕。胸部的上下起伏，微弱到不仔細看幾乎不會察覺，肌膚也比剛才看到時更蒼白。
原本以為她睡一覺後，體力會復原，卻無任何改變。不對，應該說情況更糟了。
森林的花朵不斷飄落。無止境地飄落，是因為同時不斷地開花。
花朵要綻放，必須從土裡吸收養分——但真只是從土裡吸收嗎？
差點變成尸櫻的這片森林的櫻樹，魔性被勾陣的神氣淨化，逃過了一劫。
昌浩依序看著勾陣、屍、咲光映的臉，一面偏頭思考。
「……該怎麼做呢……」
整理不出頭緒。
昌浩直接坐在滿地的櫻花上，抬頭仰望森林之主的櫻樹。
花朵飄落著。若能什麼都不想地單純賞花，恐怕再也沒有比這更美的光景。
在昏睡的短暫時間，昌浩看到了夢般的幻象。

那是祖父晴明要離開京城前，神將們聚集在自己房間時的光景。

他看到笑著說「你真的長高了呢」的朱雀；看到要求小怪不要恢復原貌的太陰；看到溫柔微笑的天一，她梳子的圖案；看到稱讚他變強壯的玄武。

朱雀用梳子幫他梳頭、綁髮，技術好得驚人。當時昌浩非常驚訝，也很開心認識了朱雀嶄新的一面。

心臟異常地怦怦跳動。

勾陣的話在耳邊響起──騰蛇還活著，但神氣消失了，發生什麼事了。

發生什麼事了。

「……將消失於同袍之手……」

昌浩這麼喃喃自語，一陣寒意又掠過背脊。可以與十二神將最強的鬥將對峙，又徹底消除他的神氣者，據昌浩所知，僅有一人。

他不禁雙手掩面，抽搐般喘著氣。

「……他還活著，沒事……」

勾陣是這麼說的。

聽說同袍之死會傳達給神將們。昌浩聽勾陣說過，是怎麼樣傳達的。

很久以前曾發生過一次神將之死。

——天一曾經有死過一次。

啊，對了，第一個告訴自己這件事的人也是勾陣。

看著無力地閉著眼睛的勾陣，昌浩連眨了好幾下眼睛。

閃過腦海的全是不好的事。他好想擁有希望，哪怕是一點也好。

然而，因為發生太多事了，現在的他不知所措。

昌浩瞥了眼屍和咲光映，彷彿看見以前的自己和藤花，無法壓抑的衝動湧上心頭。

看著他們，心裡好難過。但還是想看著他們。無法實現的自己與藤花的模樣就在那裡。他可以把絕對得不到的未來託付給他們。

所以，他該怎麼做呢？

「要確認重要事項的順序……」

昌浩喃喃低語，整理自己的思緒。

同時發生太多事，人就會陷入混亂，忽略真正重大的事。然後越陷越深，老往壞處想，最後動彈不得。

應該把事實一一列出，冷靜確認，思考自己想怎麼做，而不是該怎麼做。

他努力慢慢地做個深呼吸，敞開胸懷，抬頭往上看。

「呃……不知道這是哪裡。」

只能確定不是昌浩居住的人界。不會枯槁的櫻樹開著花。尸櫻開著花。黑膠邪念聚集在招來死亡的櫻樹底下，執拗地追逐著昌浩一行人。

「為什麼要追我們呢？」

它們是在追屍和咲光映。晴明也在追屍和咲光映，目標是咲光映，但原因不明。

只知道咲光映原本是尸櫻的活祭品。屍為了阻止這件事，帶她逃走了。他們的村子很可能因此惹惱尸櫻，所有村人都死光。

「…………」

昌浩靜靜環視美麗的櫻花森林。

村人們的屍骸就埋在美麗的花朵底下。

不獻出咲光映，森林之主的櫻樹就會變成尸櫻。事實上，差點就成了尸櫻。是因為勾陣的神氣被強行剝奪，注入了森林，才會中途停止變化，恢復原狀。

昌浩望著勾陣，她仍處於不知何時會醒來的睡眠狀態。

「紅蓮還活著，唯有這件事不會錯。勾陣這麼說，就不會有錯。」

勾陣不會為了安慰自己說那種話，所以是真的。

於是，昌浩確定了一件事。

那就是，既然紅蓮還活著，那不管發生什麼事，他一定會回到自己和勾陣身旁。

「不要再想沒有答案的事了。」

相信神祓眾的長老們、夕霧、螢，都會說東想西想「可能是這樣、可能是那樣」，最浪費時間。

昌浩挺直背脊，開始想其他事。

想著藤花，那個遙不可及的人。

當時，自己的選擇是目送她離去。倘若希望跟她在一起，會怎麼樣呢？

在選擇的當時，那個未來就已經消失了。他卻還是無法斷念，壓抑不住的感情在心中悶燒，推也推不開。

他猛拍自己的雙頰，閉一下眼睛再掃視周遭。

孩子們還在睡覺。

起碼要幫這兩個孩子逃出這裡，讓他們不被尸櫻追殺，從此不再害怕、無須逃亡，可以過著平靜的生活。

昌浩想盡自己所能，剷除他們兩人的阻礙。

沒有人在聽他說話。所以，他悄悄說出了原本絕對不會說出口的話。

「我的希望是……跟妳在一起……」

昌浩抬頭仰望櫻樹，發出幾乎聽不見的微弱聲音。

「我的願望是……跟妳一起生活……」

然而，如春日的陽光、如花般微笑的臉龐，永遠不可能屬於自己。

所以那只是希望、只是願望。這是昌浩僅有的自由。即使不能實現，也沒有任何人可以阻止他抱持這樣的希望、願望。

閉著眼睛感受風吹的昌浩，再度張開眼睛時，眼中的光芒已十分平靜。

「要設法離開這個世界，讓屍和咲光映逃走。」

昌浩將願望和希望寄託在他們身上。

就在他點頭下定決心時，沉睡的咲光映緩緩張開了眼。

4

溫和的風拂過臉頰，喚醒了咲光映。

她轉頭確認依偎在她身旁的體溫，看到屍近在眼前的臉龐，有點訝異。

悄悄起身四處張望的她，看到昌浩坐在森林之主的櫻樹下，還有勾陣躺在他旁邊，倒抽了一口氣。

她臉色發白地走向昌浩，在動也不動的勾陣旁邊蹲下來。

「呃……那個……」

咲光映現在才想到，不知該怎麼稱呼勾陣，不由得慌張起來。

勾陣一直陪著他們、照顧他們、保護他們，她卻連勾陣的名字都沒問過。這件事把咲光映逼到了無法想像的地步。

咲光映向昌浩露出求助的眼神，但回想起來，她也不曾問過昌浩的名字。

啞然無言的她，表情扭曲，快哭出來了。

昌浩從她的模樣看出端倪，不等她問就先開口。

「我叫昌浩，她叫勾陣。」

現在也沒必要隱瞞了。在尸櫻下，晴明和神將們都叫過他們的名字，咲光映他們不想聽也聽見了。

咲光映戰戰兢兢地低聲複誦：

「昌浩大人……勾陣大人……？」

「不需要大人的稱呼，我們都是直接叫名字。」

「可是……」

昌浩伸出手，摸著她的頭以安撫。

「放心，勾陣一定也會這麼說。」

勾陣應該不會在意這種細微末節的小事。再說，十二神將都是刻印在六壬式盤的神明。只是，不知咲光映他們是否清楚六壬式盤和十二神將的事。

不過，勾陣若有其他名字，讓他們知道就不好了。

但昌浩沒聽說過勾陣有別名，至於只有同袍之間會使用的稱呼，她好像也沒有。

朱雀對天一有特別的稱呼，但那僅限於他們兩人。

想到這裡，昌浩眨了眨眼睛。

他發覺，自己好像很久沒有思考這麼祥和的小事了。

可能是心情上多了點餘裕。能思考亂七八糟的事，證明思緒穩定下來了。應該是吧。

「勾陣雖然睡著了，但她很強，一定會醒來的。她可是十二神將中第二強呢！」

昌浩這麼說，是想讓咲光映放心。她聽完後，歪著頭問：

「第二強？」

「是啊。」

「那麼，最強的是誰？」

這是理所當然的疑問，昌浩點點頭說：

「是紅……不對，是騰蛇，十二神將的火將騰蛇。」

驚奇地睜大眼睛的咲光映，透明的眼睛非常漂亮。昌浩第一次看到這麼沉著、毫無一絲恐懼的咲光映。

「騰蛇很強，非常厲害呢。」

想起勾陣以前也說過同樣的話，昌浩啞然失笑。啊，沒錯，他真的很強，所以只能這麼說。

沒親眼看見，不會知道。以前在出雲看到他沒有被抑制的力量，才明白比想像中強大太多了。

對，很強。騰蛇很強、紅蓮很強。因為很強，所以昌浩更相信他一定會追上來。

然而，昌浩在外表還很稚嫩的女孩眼中，瞬間看見了件。

不是件出現在她眼中，而是件宣告預言的模樣，浮現在昌浩腦海裡。

妖怪所宣告的預言，有一則是針對咲光映。

那麼，件在尸櫻樹下宣告的另一則預言，是針對誰呢？

——而你所愛的人，也將會喪命，死於你之手。

所愛的人？有張臉瞬間閃過腦海。但那未必就是預言所指的人。

對昌浩來說，重要的人很多，且這些人都能說是「所愛的人」。

這麼一想，他張大了眼睛。因為發生太多事情，他差點忘了一件事。

哥哥的女兒梓，不知道怎麼樣了。屍揹著梓，與咲光映一同撬開黑暗，把梓放在某棵櫻樹下。

然後，件又出現在逃出尸櫻森林的昌浩一行人面前，說完預言，便沉入水裡。咲光映看見梓映在件消失後的水面上，臉色發白。

屍說過的話在耳邊響起。他說，那孩子被尸櫻魅惑了。

昌浩懷疑祖父也被魅惑了，但勾陣不這麼認為。

手按著額頭，一一確認記憶的昌浩，皺起了眉。

混亂的思緒漸漸偏離了剛開始的思考方向。

那個預言、件的預言，是針對誰呢？

現場有自己、紅蓮、勾陣、屍、咲光映，還有神將們。

「…………」

看著昌浩的咲光映，忽然全身僵硬，東張西望。

櫻花飄落。

吹起了風，低吟般的聲音飛馳而過。

咲光映感覺聲音裡似乎蘊含著小小漣漪般的東西，不禁站起身。

好像有人在說著什麼，又猶如歌聲、奇妙的音律。在風中嘰嘰咕咕的低喃，聽起來很開心。

『……………………已……矣……哉……』

猛然站起的咲光映，臉色越發蒼白。

同時，昌浩也覺得背脊一陣涼意。

他反射性地站起來。

更加強勁的風，帶來哼唱般的聲響。

『已矣哉。』

咲光映害怕地握住昌浩的手。下意識地反握回去的昌浩，腦中警鐘大作。

「離開這裡吧……」

默默點頭的咲光映，肌膚完全失去血色。

昌浩正要說什麼時，格外淒厲的聲音穿刺了他的耳朵。

「咲光映——」

兩人往聲音的方向望去。

不知何時醒來的屍，面無表情地看著昌浩和咲光映。

他大步走來，把咲光映的手從昌浩手中奪過來。

「怎麼了？咲光映。」

男孩看著女孩蒼白的臉，表情與剛才全然不同，變得非常溫柔。咲光映看到他這樣的表情，才鬆口氣說：

「好像聽到什麼聲音……」

「聲音？」

屍疑惑地歪起脖子環顧四周。

然後摟著咲光映，將她帶到離昌浩稍微有點距離的地方。

昌浩感覺屍對他有些敵意，很想抗議，但還是算了。

他已經知道屍過著怎麼樣的日子，也知道屍為了保護咲光映，被奪走了什麼、放棄了什麼、失去了什麼、背負了什麼。

這麼一想，就會覺得屍對所有與咲光映相關的人事物抱持敵意，也是無可厚非的。

不讓任何人傷害她，也不讓任何人碰觸她。

這就是屍保護她的方法。

吹起了更強的風，飛起了更多的花。

『已矣哉。』

昌浩清楚聽見，不知從哪傳來的無數聲音層層重疊。

另外，還有來自其他方向野獸般的吼叫聲。

屍的表情緊張起來。咲光映顫抖著肩膀，抓住男孩。

兩人注視著同一點。昌浩循著他們的視線望去，看見黑色物體從花影中緩緩走出。

是一隻很大的黑色野獸，比熊還巨大。模樣像山豬，但背部比山豬高高隆起，鬃毛般的長毛從頭部延伸到背部。糾結纏繞的長毛搖來晃去，前端顫動著。

野獸的頭朝向昌浩他們。

大大咧開的嘴，裡面是紅色的。跟山豬一樣有兩顆牙齒，不同的是，看似鼻頭的地方有第二張嘴，嘴唇形狀酷似人類。眼睛只有一個，大到占據了半個頭。

怪獸從喉嚨發出低吼聲，震動了第二張嘴。

『……有……肉的……味道……』

伸出來的舌頭，舔了舔嘴巴。

『還有……血腥味……好像很美味……』

大眼睛盯住了兩個孩子。

屍抓著全身發抖的咲光映的手，轉身跑走。

「快逃！」

瞬間，怪獸踢開滿地的花，滑行般衝來。怪獸的嘴巴張開到脖子，露出鮮紅口腔，吐出腥臭的氣息。

昌浩擋在怪獸前面，結起刀印。

「禁！」

一直線橫掃出去的刀印，立刻築起保護牆。怪獸猛然撞上保護牆，撞扁了身體。貼在保護牆上的人類嘴唇，歪斜地動了起來。

『肚子……餓了……』

怪獸的身體扁扁地擴張開來，遮蔽整面保護牆，開始大鬧。

隔著保護牆飄來的妖氣，可怕得令昌浩毛骨悚然。

咲光映搖搖晃晃地單腳跪下來，屍一邊扶起她一邊大叫：

「是森林的妖魔！」

昌浩瞠目結舌。屍因為某件事被奪去了名字。當時就是這種妖魔出現在咲光映的面前嗎？

要殲滅它，絕對可以。但昌浩選擇迅速唸誦咒文以強化保護牆。

妖魔從櫻樹後面一隻接一隻跑出來，開始追屍和咲光映。

昌浩以森林之主的櫻花為界線，全力築起阻擋妖魔群的保護牆，揹著勾陣快跑。

出現了那麼多敵人還是紋風不動的勾陣，體溫降到令人驚恐的程度。

屍摟著嚇到不能動的咲光映往前走，昌浩追上他們時，想從旁伸手扶他們一把，卻被屍狠狠瞪了一眼。

「你小心不要把她摔下來。」

揹著跟自己身高差不多又昏迷的人很麻煩。神將勾陣比人類輕很多，但體格並不算小，所以得不時重新揹正，不然很快就會往下滑。

屍說得沒錯，昌浩便縮回了手。

激烈的衝撞聲響起。

發現獵物的妖魔們，反覆用身體撞擊保護牆。體力衰退的昌浩所施展的法術，沒多久就會被擁有強大妖力的妖魔們破除。

「這裡原本就不安全嗎？」昌浩問。

屍搖搖頭說：

「差點染上魔性又恢復原狀的森林，會變得跟以前不一樣……那些妖魔原本是在森林外面徘徊，現在闖進來了。」

男孩瞥一眼快昏倒的女孩，又壓低嗓門說：

「以前我看過幾次，它們在森林盡頭遠遠徘徊著。」

聽到屍這麼說，昌浩的心都涼了。

封閉的森林一定是失去了封鎖他們兩人的力量，在此同時也失去阻止妖魔入侵的無形障蔽。

「這裡已經不安全了。」

看到屍難過的表情，昌浩很心疼。

以前待在這裡時，他們未必可以永遠安全。睡著就會忘記一切的咲光映，什麼都不知道。但對記得一切的屍來說，這裡等於是恐怖的事情永遠不斷重複的牢獄。他以前會認為這裡安全，是因為對咲光映而言，這裡的危險比森林外面少多了。

「出了森林，它們會從各個角落衝出來，可是……」屍保護著害怕到緊閉眼睛的咲光映，邊走邊從喉嚨擠出聲音說：「放心，咲光映，我會保護妳。」

這句話緩緩刺進了昌浩的心。屍如唸咒般重複說著，好像在自我激勵。

然而，看在昌浩眼裡，屍卻像把自己不斷推入絕境。

昌浩好幾次把差點滑下來的勾陣重新揹好，跟屍他們一起走向森林深處。

總算拉開了一大段距離。正當這麼想時，後面響起硬物碎裂的聲音，足以把人炸飛的衝擊力襲向了昌浩。

「唔……！」

失去平衡向前倒的昌浩，膝蓋、雙手著地。滾落地上的勾陣向後仰倒，沒有設防的白皙脖子露出來，出現了一條紅線。是被拋出去時，皮膚被掉落的枯樹枝割傷了。

紅色血滴像珠子般沿著脖子滑下來。

「啊！」咲光映叫了一聲，離開屍，跑到勾陣旁邊跪下來。

滿地花瓣下，有東西蠢蠢欲動。咲光映奮力敲打高高堆起的花瓣，驅散聚集的邪念。

怪獸在遠處咆哮。無數的妖魔突破保護牆，慢慢向這裡逼近了。

「咲光映，快走，它們……」

被屍催促的咲光映說：

「屍，救救勾陣。」

「咲光映？」

「求求你，你辦得到吧？」

被咲光映苦苦哀求的屍，輕輕咬住了嘴唇。咲光映看他視線飄忽，似乎在想該怎麼回答，又接著說：

「怎麼樣才能收回被森林奪走的生氣呢？」

「咲光映，站起來，妖魔快追來了。」面有難色的屍，硬是把咲光映拉起，搖著頭說：「沒用的，被奪走就收不回來了……除非獻出其他東西。」

昌浩表情僵硬地看著倒抽一口氣的女孩。

勾陣的神氣是代替咲光映被奪走了。要恢復她的力量，必須獻出咲光映。

但屍當然不能告訴咲光映。

若是昌浩也會這麼做，絕對不會說出真相。

為了保護咲光映，他們的村子全滅了。昌浩很能理解，屍不想說出這個真相的心情。

即使咲光映睡一覺就會忘記，屍一定還是不想看到天性善良的她，因心痛而哭泣的模樣。

昌浩看一眼勾陣，繃起臉說：

「對不起，借用一下。」

他拔起一把插在勾陣腰間的筆架叉，熟悉武器的沉重質感後，握緊刀柄站起來。

「昌浩？」

聽到屍疑惑的聲音，昌浩眨了眨眼睛。這是屍第一次喊他的名字。

他察覺背後的視線帶著困惑，頭也不回地說：

「你們先走，我在這裡阻擋它們。」

感覺他們倒抽了一口氣，昌浩又補上一句：

「屍，你能帶勾陣走嗎？」

「咦……」

妖魔的氣息逼近了。回答的是咲光映。

「我來揹她。」

昌浩大吃一驚，轉頭往後看。

咲光映面露堅決，將勾陣的手繞到自己的脖子上，努力試著把勾陣揹起來。無奈身體太嬌小，走沒幾步就跪下來了。

屍焦躁地看看咲光映，再看看勾陣，嘆了一口氣。因為體格的差異，他跟咲光映一樣也揹不起來，變成拖著走。

他把勾陣扛到肩上，抱著勾陣的腿，搖搖晃晃地站起來。

「屍，你可以嗎？」

女孩擔心地詢問，男孩臭著臉點點頭說：

「比我想像中輕多了。」

男孩又看著昌浩說：

「再往前走，有湧出來的清水。」

交錯縱橫的樹枝前方，隱隱約約看得到黑色軀體。風向變了。在花瓣亂舞之中、風中，都夾雜了妖氣。

「那裡是潔淨的地方，應該連邪念都不能靠近。」

「知道了。」

潔淨的水可以洗清污穢。污穢是從淤滯產生的。只要水保持暢通，多少都能沖走污穢。水流周邊的土壤和空氣會變得清冽，而邪氣是污穢的凝聚體，應該也不能靠近。

被屍催促的咲光映，不安地注視著昌浩的背影。背對著他們的昌浩，點個頭說：「放心吧。」

他心想，屍說會保護咲光映，那自己就守護說要保護咲光映的屍吧。

扛著勾陣的屍，冷冷看了昌浩一眼。

「屍，快點！」

被咲光映催促的屍，默默跨出步伐。他的嘴巴悄悄動起來，低聲嘟囔，但昌浩和咲光映什麼都沒聽見。

「必要時用來當誘餌。」
在屍踩過的花瓣底下，有東西蠢蠢欲動。

擅自借用武器，事後會不會被罵呢？
看著手上的筆架叉，昌浩忽然這麼想。
在菅生鄉向神祓眾學武術時，也學了劍術。但那是他最不擅長的領域，所以只學到可以觀賞的程度，還沒有學到能應付實戰的技術。
「對了……」
與神將們共度的夜晚，驀然於腦海浮現。
十二神將朱雀答應過要教昌浩劍術。
勾陣也可以教他，但他還是傾向拜擅長使用一把刀的朱雀為師，就跟兩個哥哥一樣。練到某種程度的實力後，最好能再向太裳討教弓箭。
有些事物不得不放棄。所以不必放棄又能做得到的事，就該嘗試去做。
這是昌浩在播磨的生活中學到的知識之一。
人的生命都有期限，期限特別短的螢就是抱持這樣的想法。她也有許多不得不放棄的事物。就近看著這樣的她，徹底改變了昌浩的生死觀。

有些事物非放棄不可；有些事物非放手不可。但不該放手的，就該緊緊抓住。

對現在的昌浩來說，那就是屍和咲光映。

尸櫻和祖父正在追這兩個孩子。神將們也奉祖父之命追捕他們。

本該成為活祭品的咲光映，抗拒這樣的命運，和屍一起逃走了。兩個孩子背負著罪名與懲罰，奮力逃亡，昌浩想設法協助他們。

閉上眼睛調整呼吸後，昌浩平靜地張開了嘴巴。

「充滿此地之氣聽令……」

調整好氣息的昌浩，把筆架叉舉向天空。這座森林差點枯死成為尸櫻，但因吸乾了十二神將勾陣的神氣做為養分，及時恢復了原貌。

「樹木、樹枝、花朵聽令。」

茂密蒼鬱的樹幹微微顫抖。向四面延伸的樹枝，如回應般顫動。盛開的花朵、將花朵吹落的風，也都明顯散發出與剛才不同的氣息。

被森林奪走的神氣，只剩下徹底變質的殘渣，卻也回應了昌浩。

昌浩張開眼睛大叫：

「十二神將勾陣的神氣啊，速速匯集於此刀刃，成為我的力量！」

漫天飛起花朵，環繞筆架叉，圍成圓形。力量強大的波動集結於刀尖，閃爍著雷電般的光芒，發出啪嘰啪嘰的聲響。

昌浩以靈力控制隨時可能暴衝的波動，瞄準了目標。

瞬間，無數的妖魔從櫻雲衝出。

昌浩高舉筆架叉對準一面咆哮一面往前衝的妖魔，使出渾身力量揮出去。

「滅！」

揮出去的刀身，放射出衝擊波般的力量，把妖魔連同整片櫻樹都炸毀了。沒想到會遭到反擊的妖魔們，被炸得粉碎飛散，連一塊肉都不剩。

花瓣、塵土揚起，碎屑四濺，如暴風般狂飛。

奔騰的力量好像龍捲風似的轟轟作響，站不住腳的昌浩，雙膝著地跪了下來。

昌浩強忍著猛烈的衝擊，並等待暴風平息，臉色發白地看著森林被挖空一大片的淒慘模樣。

明明是對準妖魔射出了力量，卻牽連了周邊的櫻樹。

「糟糕……」

喃喃自語的昌浩，搖晃了一下。被無法控制的神氣拖著走，昌浩的靈力損耗了不少。

他跪著把筆架叉插入地面，靠武器撐住身體，重重喘了口氣。

感覺都被攪亂了，狀況比想像中嚴重。體力不該消耗到這種程度。

「恐怕會挨罵……」

昌浩把握著筆架叉的雙手頂在頭上，閉上了眼睛。

若是小怪在這，一定會斥責他思慮欠周。小怪會岔開雙腿站立、豎起眉毛、齜牙咧嘴、夕陽色的眼眸如燃燒般閃閃發亮。

那副模樣鮮明地浮現在昌浩腦海，令他淺淺一笑。

「小怪……」

他必須站起來，並且追上屍他們一行人。前方有清水，他們一定在那裡擔心地等他追上來。

昌浩為了殲滅妖魔而使用的方法，很可能更加消耗勾陣的體力，甚至會威脅到她的性命。

但靠他自己現在僅存的靈力，很難戰勝那群妖魔。

——振作點啊，晴明的孫子。

彷彿聽見了小怪的聲音。剛才在心中看見的小怪，應該是怒髮衝冠才對，聲音卻溫柔得叫人想哭。

昌浩咬住嘴唇，壓抑湧上來的情緒，緩緩抬起頭。

小怪當然不在眼前，一切都是疲勞產生的白日夢。

深深嘆息著站起來的昌浩，感覺飄散在周邊的靈力殘渣逐漸掉落地面。

然後，他呆呆看著櫻樹從被挖空的地面發芽，轉眼間長大、變成大樹、開出花朵。

「也難怪啦……」

勾陣的神氣會使森林復甦，所以就某方面來說，他的靈氣會使樹木成長也是無可厚非的事。

這座森林會使生物發狂，再吞噬生物。

昌浩甩甩頭，轉身走開。

屍所說的清水，究竟離這裡多遠呢？他無法估計，但他目前必須趕到那裡。

◇　◇　◇

在比黑夜更昏沉的黑暗中，大聲激勵著有時體力不支的自己。

每跨出一步，強烈的疲憊就會襲向全身。胸口的傷勢全然沒有癒合的跡象。

當鮮血啪答啪答地滴落，一大群跟在其後的邪念，就會開心得渾身亂顫，喧囂起來。

如果回頭看，應該會看到無數張臉吧嗒吧嗒地張合嘴巴，但它知道看了只會心煩，

所以一味地往前走。

連走路都很困難。

它知道神氣完全被封鎖了。久久沒有癒合的傷口深處，盤據著異樣的熱度，阻礙了氣的流通。

「居然做到這種程度……！」

小怪咬牙低嚷，但一想到火焰之刃是毫不遲疑地刺向了自己，便覺得應該慶幸只有這種程度的傷勢。

朱雀若真要殺它，它的魂早已被燒毀，一命嗚呼了。

不可思議的是，沒有不想死或恐懼的感覺。

心中只有滿滿的困擾。

死了會很困擾。

因為死後所有一切都會消失。

現在，因擔心昌浩而產生的焦慮、深信有勾在就能放心的想法、必須找出晴明發生什麼事的煩躁感、對成為敵人的同袍們所抱持的複雜情感等等，統統會消失。

不是遺忘，而是消失。

「唔……」

呼吸變得急促。頭昏眼花，沉重的身體開始搖晃。

以前，它曾經遺忘非常、非常重要的事。

想起來時，強烈的懊悔襲向了小怪、紅蓮。

然而，那只是遺忘，是能夠擁有的感情。一旦消失了，就再也不會對那些事有感了。變成這樣，就無法補償也不能改過了。

再也見不到那些人的臉；再也不能為那些人鞠躬盡瘁。因為，會成為一種不認識那些人的存在。

十二神將騰蛇怎麼想都不可能為不認識的人做任何事。

「因為我就是那樣……」

嚴格來說，死後變成新的騰蛇，是完全不同的靈魂，但被稱為「騰蛇」的存在方式並不會改變。

由人類想像出來的騰蛇，很難有多大的變化。外貌可能不同，但性格不會有太大的改變。

會有很多相通的部分，也會有很多相同的地方。

但卻是迥異的存在。

所以令人困擾。那樣的存在若出現，那些人會困惑、期待、受傷、痛苦、悲歎——拚命想讓自己死心。

他不能讓那些人做那樣的努力。

所以，它非回去不可。

盡早回去。

身體一搖晃，小怪就必須踩穩腳步，盡全力不讓自己倒下。

光走路都這麼困難，讓它有滿肚子無法宣洩的怒氣。

它厭惡不聽使喚的四肢。居然殘廢到這種地步，也太沒用了。

「啊……這句很像勾會說的話呢，嗯……」

小怪甩甩頭，拉回快要遠去的意識，繼續喃喃自語。

「哼，她就是這樣，對我很嚴厲，看準我不會回嘴，就暢所欲言。」

不這樣動動嘴皮子，小怪深怕自己會突然失去知覺，昏迷不醒。

「很敢說，卻又從來不說真會惹我生氣的話。真是的，把我看透了……好奇怪的傢伙。」

勾陣若是在場，一定會聳起肩膀苦笑著說彼此彼此吧？就是不在現場，小怪才說得出口。

「啊，可惡，狀況糟透了……」

淺淺的呼吸夾雜著喘鳴，每踏出一步，都在消耗體力。

「朱雀，你給我記住……」

等事情告一段落，我非討回公道不可。

小怪往後看了一眼。邪念的波動與它保持一定的距離，緊跟在它後面。而且不只這樣。它們雖然圍繞著小怪，卻看著比小怪更遠的地方。

尸櫻在追屍和咲光映。纏繞尸櫻的邪念，是配合尸櫻追捕那兩個孩子。

所以小怪確定自己前進的方向不會有錯。

令它焦慮的，是沉重的四肢，讓它的速度越來越慢。

同袍在搜尋孩子們。若是找到，會以武力帶走咲光映吧？而屍還有跟他們在一起的昌浩，都會全力抵抗吧？

十二神將不能傷害人類、不能殺害人類。

這是絕對的天條。但唯一的主人若下達這樣的命令，神將們就會觸犯天條，背負血淋淋的罪過。

很久以前，把神將收為式神的安倍晴明，不會讓十二神將做那種事。

但現在的晴明則會不惜那麼做。

同袍們收到晴明的命令，肯定會使命必達。即使昌浩阻止，他們也不會聽，最壞的狀況是，他們搞不好還會與昌浩交戰。

屆時，昌浩能出手攻擊神將嗎？

小怪非常了解昌浩，他一定下不了手，只會努力防守。

「昌浩……」

快，我必須在你與同袍對峙之前趕到。

小怪望向遙遠的黑暗彼方，眨眨眼睛，輕輕搖了搖頭。

但是……

有勾陣跟著他，必不會演變成那樣。

勾陣會擋在前面與所有同袍對峙，不會讓昌浩那麼做。

她是十二神將中第二強的鬥將。同袍們會像對待紅蓮那樣，不要命地撲上來，雙方都很難不負傷。

「拜託妳了，勾。」

喃喃自語的小怪，微微苦笑起來。

沒錯，那傢伙向來毫不留情，所以即便追上他們，她也會一開口就發牢騷。

——來得太晚啦，混帳。

「真是毫不留情呢……」

這次要不要回嘴說我也很慘呢？

小怪深吸一口氣，心想要快點追上才行。

卯起來踏出前腳時，微弱的低吟撫過長長的耳朵。

小怪嗖地甩動白色的長尾巴，全身白毛豎立，從現場往後彈跳。

黑漆漆的大物體衝向小怪剛才的所在，邪念都被風壓颳走了。

無數張臉像漆黑的花朵般飛散，嘴巴吧嗒吧嗒張合，露出歪斜的笑容。

數千、數萬張的臉，眼珠子帶著喜悅同聲哼唱。

『已矣哉。』

小怪全身戰慄。

『已矣哉。』

有如一座小山的物體，發出低吼聲從黑暗中衝出。

那物體像隻大山豬，有大大的眼睛、白色獠牙、裂開到脖子的嘴巴。

『……好小……』

相當於鼻頭的位置，有張人類的嘴唇，開心地說著話。

『但是……有鮮血的腥味……』

從黑暗中跑出一隻又一隻來。

『好像很好吃……』

『好像很好吃。』

『好像很好吃。』

『好像很好吃。』

『好像很好吃。』

『好像很好吃。』

邪念的臉如漣漪般擴散開來。

『已矣哉。已矣哉。已矣哉。已矣哉。已矣哉。已矣哉。』

小怪滿臉緊張，視線快速掃過周遭。

被包圍了。

進攻的一座座小山緩緩站了起來，小怪感覺那些龐然大物搖搖晃晃地鎖定了目標。

那一隻眼睛從背後、左右死盯著小怪。

『已矣哉。』

黑膠邪念宛如歌唱般，不斷重複同樣的哼唱。

出現在現場的六隻妖魔，從塗了血般的紅色嘴唇伸出舌頭舔舐下唇，同聲吠叫。

5

◊ ◊ ◊

在水聲淙淙的清流旁，咲光映把布浸入水裡。那是勾陣用來擦拭臉上血跡的布。因為這塊布，她的神氣被森林和邪念奪走了。

為了洗掉血跡，咲光映一直在漂洗那塊布。好不容易才將那些血跡洗去，讓布恢復了原來的顏色。

水花啪吵啪吵地飛濺出來，她把布擰乾，用布幫躺在河邊的勾陣擦拭身體。

屍靠著櫻樹，默默看著她。

走到這裡時，屍已經累到癱坐下來。十二神將勾陣身材高大，卻很輕盈。但扛著比自己高大的人，還要一邊注意後方有無敵人追來，一邊以最快速度奔逃，還是疲憊到超乎想像。

屍把勾陣像拋出去般放下後，便大口大口喘氣。咲光映露出擔憂的神色。屍告訴她沒事，但她的表情仍是很僵硬。

屍看著流水潺潺、各處綻放的櫻花，放鬆了肩膀。

果不其然，流水周邊沒有一絲絲可怕氣息。

花瓣堆積得像褥墊般厚，但底下只有地面。

清澄的水流很冰冷，把手放入水裡，就會不由得挺直背脊，但令人心安。

與櫻花之美不同性質的水之美，沒有摻雜任何氣息，透明清靜似乎能把心中的沉澱物也沖洗乾淨。

屍看著已經全乾的手掌，淡然一笑。

明知不可能，卻還是控制不住胡思亂想。

紋風不動的勾陣，裸露的肌膚沾滿塵埃、木屑。咲光映很在意那些東西，就用布沾水幫她清洗乾淨。

這麼做對勾陣並沒有幫助。

但這樣的行動是咲光映溫柔的表現，所以屍很喜歡看她那麼做。是勾陣讓他看到了這樣的光景，他願意為此表示感謝。

「這樣就夠了……」

咲光映呼地喘口氣，盯著勾陣的臉看。

端莊秀麗的臉龐，猶如雕琢出來的。在鄉里之中，沒見過這麼美的女性。

「好美……」

喃喃自語的咲光映摸著臉頰，希望自己也能變成那麼美的女性。

她的臉映照在涓涓流水上，看起來與勾陣完全不同，再怎麼期盼也不可能變成那樣的大美女。

有點沮喪的咲光映，聽到一句溫柔的話。

「咲光映比較可愛哦！」

她驚訝地瞪大眼睛。屍看著她微微笑著。

「你怎麼知道我在想什麼？」

心事被看透，咲光映覺得很難為情，趕緊撇開視線，臉有點泛紅。

「為什麼呢？我也不知道。」男孩露出真的不知道的表情，瞇起眼睛說：「但咲光映就是比較可愛。」

只看外表，確實有美麗的女性，譬如絕世美女或美得閃閃發亮的人，但也有可愛的女性。

但對屍而言，可愛的女性只有咲光映。打從第一次見到她時，她就是世上最可愛的女孩子。

咲光映瞥勾陣一眼說：

「沒勾陣那麼漂亮……」
她不經意吐露出心聲，希望自己可以變得那麼美麗。
「會變美麗的，等妳長大後，一定是世上最美麗的女孩。」
「怎麼可能……」
想笑他說得太誇張的咲光映，看到他率真、溫暖的眼神，屏住了氣息。
「妳絕對是最漂亮的女孩，咲光映。」
他的話沒有絲毫虛假，他是真的這麼相信。
眼睛眨也不眨地看著屍的咲光映，忽然表情扭曲地低下了頭。
「…………」
屍發現她的眼眸動盪搖曳，慌忙走到她身旁。
「怎麼了？我說錯什麼了嗎？」
屍怕自己說了傷害她的話，惶恐不安，像個幼童般無助地看著她。
眼睛泛著淚光的咲光映，搖著頭道：
「不，對不起，不是那樣……我只是鬆了一口氣……」
她用手指拭去淚水，柔弱地露出微笑。
「想到好久沒有這樣跟你說話了，我就忍不住……」

而且屍笑得好平靜，那模樣緩解了咲光映緊繃已久的心情。

「哦……」

可能是明白了咲光映的意思，屍放鬆了肩膀。

為了要逃離尸櫻，他一直很拚命，卻由於甩掉追兵，將那個小女孩放回人界而被發現了。

女孩看著緊閉雙眼的勾陣，眉間蒙上了陰霾。

「我知道現在不該這樣放鬆心情……」

但能夠跟屍在一起，還看到了他許久不見的笑容，她真的覺得很高興，心中洋溢著滿滿的溫暖。

儘管隱約的罪惡感不斷扎刺著咲光映，她還是覺得很幸福。

就是這麼覺得。

可勾陣仍昏迷不醒呢，自己會不會太過分了？

「沒那種事。」屍用溫柔的聲音說：「因為她保護了妳，所以不管結果怎麼樣，她都會很開心。」屍微笑著這麼斷言，語氣出奇堅定。

「咦……」

一陣寒意掠過咲光映的背脊。

眼角餘光看到的屍，臉上依然掛著平時的微笑。

「若是森林之主的櫻樹沒有恢復原貌，咲光映就會有危險。她是為了保護妳，用生命阻止了這件事。」

「為了……保護我？」

不，不是這樣的。怎麼想都不會是。勾陣不可能為了咲光映付出生命，找不到這樣的理由。

咲光映有一種說不上來的感覺，她猛然把視線轉向勾陣，不知為何就那樣定住動彈不得了。

「妳為什麼會覺得我們不可以拋下她不管呢？就因為她犧牲了自己，不讓污穢的花朵綻放嗎？」

溫柔的屍。柔和的聲音。

為什麼給人的感覺很奇怪——好像很開心呢？

勾陣差點沒命了，現在也還在生死邊緣徘徊啊！

「她防止染上魔性的森林之主變成尸櫻，我們要稱讚她，對吧？」

一片花瓣飄落在勾陣蒼白如紙的臉蛋上。

咲光映需要一點努力才能發出聲音。

「稱……讚……？」

為什麼呢？

不知道原因，總之她不敢看屍的臉。

「是啊，幸虧有勾陣在。」

迎風飄舞的花瓣，落入涓涓流水而去。好多、好多的花瓣。

屍用手輕輕勾住咲光映的頭，把她拉過來。

「真的太好了……咲光映平安無事，真的……」

男孩像唱歌般在女孩耳邊細語。

「…………」

怦怦。

張大眼睛、啞然無言的咲光映，胸口深處有著不自然的鼓動。

◊ ◊ ◊

在太陽沉沒前趕到行成府邸的藤原敏次，極力地撫著跳得特別快的心臟。

「太奇怪了……」

好像有東西在後方追著他，但他不敢回頭，拚命趕路。

直到看得見行成府邸大門的附近，他緊張的心情才稍微緩和下來，悄悄往後面看，卻沒看到任何人，好像也沒有妖怪。

只覺得空氣特別沉重，如此而已。

「可能是陰天的關係，心情比較鬱悶。」

這種時候，光吹過一陣風，人就會懶得動，覺得身體疲憊不堪，滿腦子想著不該想的壞事。

尤其是像行成這樣失去妻子和女兒的人，埋藏著深沉的悲哀和煩惱，這種現象會更為顯著。

「敏次大人，請往這邊走。」

侍女把敏次帶到寢殿的主屋。

屋內微暗，點著燈台和懸掛式燈籠。看到橙色火光，敏次就無意識地鬆了口氣。「明亮」是件能讓人安心的小事。

穿著狩衣④、指貫⑤，一身輕便打扮的行成，坐在擺著屏風的主屋，面向矮桌振筆直書。

燈台被搬到桌旁，火光清楚照映出行成的側面。高高搖曳的火焰照出了陰影，使行成的臉頰看來比以前更加消瘦。

「啊，敏次，歡迎你來。」

行成看到敏次，對他笑了笑，吩咐侍女準備東西招待他。

稍微後方的位置備有坐墊，敏次在那裡坐下，簡單地行個禮後，把手中的盒子放在地上。

他解開包巾，打開盒子，拿出做好的贖物。

「為了明天的祓，我帶了這些東西來。不好意思，麻煩分給大家，把污穢或病源轉移到這上面。」

再怎麼親密，行成的身分還是比敏次高很多。他三年前晉升為參議，又身兼大弁與侍從，所以比藏人頭⑥時代更忙碌。

擔負重責大任，又深受當今皇上信賴，想必要操勞很多事。隨著他病倒的次數越來越多，就是最好的證明。

加上夫人去世的心痛，使他動不動就會病倒。

兩名端著高腳漆盤的侍女快步走過來伺候，在行成和敏次的前方各放置了一個高腳漆盤。其中一個提起壺子，將裡面的液體倒進行成的杯子裡。

「啊，我……」

敏次堅持不用替自己倒，侍女抿嘴一笑說：
「這是音羽山的清水。」
他以為是酒的液體，原來只是一般的水。他苦笑著拿起杯子，請侍女倒水。
「請把這裡面的東西分給大家。」
敏次指向盒子，馬上了解意思的侍女接過盒子，先把贖物遞給了主人。
行成拿出一個，在額頭、脖子、胸口一帶撫觸過後，吹了三口氣。
「行成大人，請放在這裡。」
敏次拿出一條布。侍女接過來，把布攤開，接下行成的贖物。
這是每年的例行公事，已經相當熟悉步驟的侍女，為了請家裡所有人把污穢轉移到贖物，便先行退下。
另一名侍女則留下來倒酒，但行成也叫她退下，等候叫喚。
侍女們行禮後離開，衣服摩擦聲逐漸遠去。
敏次盯著杯子裡的水，開口問：
「這是怎麼回事？」
聽說音羽山的靈水可治百病。應該是哪位貴族送的，希望能讓身體不好的行成恢復活力吧？

被敏次這麼一問，行成苦笑著說：

「不，是左大臣大人送的。」

「咦！」

這麼貴重的東西，自己真的可以喝嗎？敏次慌張了起來。行成對他說沒關係，要他陪他一起喝。

「因為身體不好，侍女們不讓我喝酒。我嘴饞得慌，幸好有這些靈水。」

說完，他嘆了一口氣。在燈台火光的照射下，行成臉上的陰霾更深了。

「光是晴明不在京城這點，就讓人覺得很沒有安全感。」

敏次把杯子放到高腳漆盤上，深深低下頭說：

「對不起，我們陰陽寮的寮官都太沒用了，才會讓行成大人這麼……」

行成慌忙揮著手對俯首道歉的敏次說：

「不，抱歉，不是那樣……在你面前，我會不自覺地放鬆，脫口說出那種話。」

然後他低聲笑了起來。

「你可別對成親大人說我說了那些話哦。」

成為陰陽博士的成親即使面對參議行成，也必定會狠狠嗆他說，我們寮官就那麼不可靠嗎？

雖然與安倍晴明的猜謎比賽是由陰陽寮取得勝利，但京城的貴族們仍是習慣仰賴安倍晴明。

這樣下去不行。安倍晴明年歲已高，近幾年來已有多次病倒，每每都把行成嚇出一身冷汗。

因為，皇上會比誰都還來得忐忑不安。

「即使晴明完全退出幕前，陰陽寮還是有許多有實力的人。只要得到大家的肯定，皇上應該也會安心。」

晴明不在就心慌意亂的貴族們，是令皇上不安的原因之一。比皇上年長者，個個都仰賴晴明，年輕的皇上看到這種情形，當然會受影響。

行成喝著杯裡的水，瞇起眼睛端詳已是有為青年的敏次。

「我家有你在就安穩啦。」

敏次瞠目結舌，慌張得不知所措，那模樣讓行成覺得很有趣。

「咦?!不、不不不，沒那種事！」

發現自己回應得莫名其妙，敏次硬是把瞬間不知跑哪去的冷靜拉了回來。

「我……我還不成材，所以您那麼說，太高估我了……」

行成心想，他在這方面從以前到現在都沒變呢，以後不管他在陰陽寮裡爬到什麼地位，都希望他不會改變。

這時，侍女回來了。

「敏次大人，大家都很感謝您。」

製作這麼多贖物，想必要耗費很多時間。成為陰陽得業生後，敏次的工作加重了，每天還要用功讀書，卻不只幫行成和他的孩子們準備贖物，也有準備給在這裡工作的所有人。

敏次搖搖頭說：

「這是我的職責，我只是做了我該做的事。」

他不能讓侍奉行成的人發生什麼意外。行成可以專心工作，都是因為有這群人幫他守著這個家。敏次常想，絕不能忽視他們的存在。

侍女看到敏次一本正經的模樣，微笑頷首。

這時，一名侍女拿著蠟燭走過來。

「打擾了。」

敏次看到她，暗叫一聲「咦」？沒記錯的話，她是……

「大人，對不起，打斷你們的暢談。」

「怎麼了？」

行成疑惑地問，侍女說：

「是這樣的，小姐說想見敏次大人，已經等很久了。」

敏次眨了眨眼睛。

沒錯，那是侍奉小姐的侍女。

自從星星掉落在這座宅院以來，小姐就很依賴敏次。

過完年了，所以小姐應該是七歲了。

細瞇起眼睛的行成點點頭說：

「嗯，你去吧，她也一直等你來呢。」

「是……那麼，我先失陪了。」

敏次對行成行個禮，跟著侍女離開了主屋。

一名侍女目送敏次滿臉嚴肅地走向小姐房間，噗嗤笑了起來，另一個侍女也微笑著猛點頭。

看到她們那模樣，行成露出了疑惑的表情。

侍女們察覺到主人的表情不對，彼此使個眼色，開心地說：

「小姐真的很仰慕敏次大人呢！」

「她算準明天是祓的日子，所以今天敏次大人一定會來，特別準備了敏次大人愛吃

的蘇⑦呢！」

「對吧？」

侍女們互看著，嘻笑起來。

行成眨了一下眼睛，還是滿臉困惑。

「嗯……？」

看到主人的樣子，侍女們視線交會，又嘻笑個不停。

敏次到了對屋，就看到七歲的小姐端坐在屏風前迎接他。

「敏次。」

小姐的臉瞬間亮了起來，向他招手。

敏次在侍女請他坐的蒲團坐下來，一個女童⑧有如算準了時間似的，拿著高腳漆盤出來。

「聽說你病了一段時間？」

小姐擔心地詢問，敏次溫柔地回答：

「承蒙小姐關心，在下光榮之至。」

小姐一聽，鼓起雙頰說：

「人家真的很擔心呢……已經好了嗎？」

原本要點頭的敏次突然吸一口氣，別過頭去，摀住了嘴巴。

又開始激烈咳嗽了。隨侍在側的侍女們欠身而起，小姐大驚失色，視線惶恐地飄來飄去。

咳了一會後，敏次臉色蒼白地道歉。

「對不起，我的身體已經沒問題了，但咳嗽還沒痊癒。」

敏次告訴小姐，有時會這樣咳個不停，但應該快好了。小姐這下才安心，放鬆了緊繃的肩膀。

「要吃有營養的東西，才會好起來哦。以前你說過你喜歡吃蘇，所以我請石蕗幫你準備了。」

石蕗是小姐的奶媽。而她的女兒小夏與小姐則是乳姊妹，也就是剛才端高腳漆盤來的女童。

把高腳漆盤移到敏次前面的侍女，名為朝來，比敏次大八、九歲。她是在小姐誕生時被雇用的女性，因為年紀輕輕就成了寡婦，便來當侍女。

看到盤子裡的蘇，敏次驚訝地張大了眼睛。

「勞您費心了……」

沒錯，以前他好像說過，他在受邀的宴席上吃過一次，非常好吃。

順道一提，敏次從來沒有在家裡吃過蘇。敏次家雖是藤原氏族，但身分地位並不高，所以那麼高級的食物，在他們家連提都不會提起。

眼睛原本閃閃發亮的小姐，表情漸漸像花朵枯萎般蒙上陰影。

「你不高興嗎？」

「咦？」

沒想到小姐會那麼問，敏次驚慌地抬起頭。

看到小姐不安的樣子，敏次緊張地說：

「不！我很高興，太高興了！只是沒想到小姐會如此費心，有點驚訝。」

敏次端正坐姿，鄭重地道謝。

「謝謝您，小姐。」

小姐的臉又亮了起來。

「太好了，一定很好吃。」

微笑看著他們兩人對話的朝來開口：

「敏次大人，請儘管享用，不用客氣，這是石蕗應小姐的強烈要求而準備的、最好吃的蘇呢！」

「是嗎？那麼……」

敏次用筷子夾了一片，放進嘴裡。好久沒吃到了，比想像中美味好幾倍，整個胸口都暖了起來。小姐對他的心意，更勝過美味。

小姐緊盯著敏次的反應，戰戰兢兢地問：

「怎麼樣？好吃嗎？」

敏次把筷子放在高腳漆盤上，展開笑容說：

「好吃，非常好吃。」

溫柔的話語，讓小姐笑得好燦爛。

吃完一片，他就不好意思再吃了，但小姐堅持要他全部吃完。最後，敏次將為他準備的蘇全吞進了肚子裡。

大病初癒的敏次，可能真的很需要營養價值高的蘇。吃完後，幾天來的疲憊都煙消雲散了。

收下小姐和服侍她的侍女們的贖物後，敏次便離開了四条的府邸。

周遭天色已暗，行成說把他留太晚了，要用牛車送他回去，他卻堅持不肯，徒步踏上了歸途。

剛到府邸時，有股自己也搞不清楚的緊張感，但現在完全平靜下來了，朝著無人的道路上前進的步伐也變得輕盈。

天空依然微陰，星星都已經躲了起來。

但抬頭仰望天空的敏次，心情卻非常開朗。

「明天要去賀茂川呢。」

今晚他要早點睡，以免明天睡過頭。很久沒有好好睡了，他覺得今晚似乎可以睡得很沉。

遠處傳來貓頭鷹的叫聲。降臨京城的夜幕，纏繞著肌膚。

黑影般的東西在敏次腳下延伸。

如藤蔓般的東西，發出噠噗聲，緩緩從黑影中站起。

距離一點一點地縮短。

趕著回家的敏次並無察覺。

就快碰到敏次的鞋子了——

忽然，敏次微微笑了起來。

「嗙、溫、塔拉庫……」

他低聲咕噥的是真言。

「奇利庫、亞庫。」

行成的千金今早作了惡夢，所以拜託敏次教她唸咒。

敏次唸咒語給小姐聽，她很認真地複誦。為了謹慎起見，敏次還幫小姐寫下了梵字和讀法。

他用右手結刀印，把刀尖按在嘴邊，暗自祈禱若有災禍降臨小姐或那座府邸裡的任何人，都能靠此法術祓除。

「嗡、阿迦拉達顯達、薩哈塔亞、溫。」

最後氣勢十足地吶喊一聲「喝」！

腳下響起什麼被彈開的聲音，敏次突然被往前推倒。

「哇?!」

他撐住差點倒下的身體，做好防備轉頭一看。

但後方沒有人。

「怎麼回事？」

好像聽到什麼東西「咻」地退去的聲響，他豎起耳朵仔細聽，但只聽見風聲和貓頭鷹的叫聲。

觀察周遭好一會兒的敏次，最後疑惑地歪著頭離開了。

◇ ◇ ◇

微陰的天空裡，看不見一顆星星。她想日落後起碼能看到月亮西上，但望向西方天際，還是被雲朵所遮蔽，看不到月光。

侍在自己房間的風音，背倚著柱子坐下來，托著下巴想事情。

看不見星星，所以無法得知正確時間，她估計已過了丑時。

從稍微拉起的上板窗吹進比平時溫熱的風，黏膩地拂過臉頰。

風音沒點燈，因為夜晚她也能看得很清楚，所以一人獨處時沒必要點。

她的臉色更加陰鬱了。

天亮後就是上巳的祓。她要跟脩子去設在賀茂川的祓場，接受陰陽師的消災祈福，之後再去清水膜拜。

其他還有扛轎子的轎夫、侍女們、護衛的侍從。脩子希望盡可能不要引人注目，因此跟隨人數減少到最低必要限度。

畢竟是當今內親王的出行，最後還是決定由侍女的牛車、騎馬的侍從、徒步的隨從組成隊伍前往賀茂川，將脩子的轎子擺在隊伍中央。

竹三条宮不可能都沒人在，但會比平時冷清許多。

「上巳的祓啊……」

風音低喃著，眼眸的顏色更加深沉了。

自從安倍晴明出發前往吉野那日起，京都就飄散著令人窒息的沉重空氣。原因很清楚，是仰賴晴明的貴族們的不安高漲，更加速了氣枯竭的擴散。

風音每晚都會趁京城居民入睡時溜出竹三条宮，四處察看，在氣枯竭尤其嚴重的地方施行法術，讓氣循環。

然而，氣的枯竭還是沒有停止的跡象，枯槁的樹木有增無減。

風音深深地嘆口氣，把額頭靠在膝上。

戴在頭上的假髮好重，侍女服也好重，心情越來越糟。

很不想承認，自己似乎比想像中還要疲憊。

她動著嘴唇說：「好累啊。」接著又說：「好想見他，一眼也好。」

「妳怎麼了？」

聽見突如其來的聲音使風音瞠目結舌，反彈似地抬起了頭。

十二神將六合不知何時站在她身旁，她完全沒察覺他現身時的氣息。

六合看著風音的眼神十分擔憂，她眨著眼睛說：

「你呢？你怎麼了？」

六合一直在搜尋下落不明的安倍晴明。但晴明杳無音信。聽說，他在前往吉野的路上來來去去，找遍了所有可能與晴明相關的陰界、遊民聚集處。

而且，那是幾天前的事，在那之後他還沒回來過。

「我是回來向天空報告的，」六合在風音身旁輕輕地坐了下來，「還有，也擔心妳怎麼樣了。」

風音為了阻止氣枯竭在京城擴散而疲於奔命，六合因此擔心她會不會太過勞累。除非事態嚴重，否則她不會尋求協助。

在有著朝霞色彩的眼眸的注視下，風音靠著柱子，垂下了肩膀。她心想，真是敗給了六合。剛才排山倒海而來的沉重感、疲勞感，竟然都不知道跑哪兒去了。

風音一手撥開劉海，眼神透著百感交集，笑說：

「這樣下去解決不了事情，我正在思考有沒有什麼好辦法。」

京城的氣淤滯，皇上身體狀況就會更糟。皇上若身心俱疲，也會傳染給整個京城、整個國家、所有人民。影響不是單向，而是雙向。

前幾天，被她救活的安倍昌親的女兒梓，已經忘了一切，現在恢復了健康，但再也不敢靠近水池。

聽說，把梓拖進水池裡的東西所散發出來的妖氣酷似安倍晴明的靈氣。

而在梓體內悶燒的妖氣，就是晴明的靈氣。

「還沒找到晴明大人嗎？」

這句話不是詢問，而是確認。剛才六合說，他是回來向天空報告，如果找到了晴明，他就不會那麼說。況且，纏繞在他身上的氛圍依然緊迫。若確認主人平安無事，他會顯得比較沉著。

想著想著，風音皺起了眉頭。六合注意到她的視線，疑惑地歪著頭。

「彩輝……那是濺到的血嗎？怎麼回事？」

仔細一看，六合披在身上的深色靈布，到處都有淡淡污漬。

六合眨眨眼睛說：

「啊……只是在山裡碰到了妖怪。」

只是？靈布上到處都是血跡，範圍也太廣了。

風音伸手掀開靈布，看到下面的甲冑有好多小裂痕。

這附近有能把六合傷成這樣的妖怪棲息嗎？風音想不出來。

她目光犀利地注視著甲冑上的裂痕，六合聳聳肩說：

「初次跟那樣的傢伙交手，苦戰了一會兒。」

「苦戰……？」

風音啞然失言。竟然可以讓鬥將六合陷入苦戰，到底是什麼樣的妖怪？

「很像山豬，但身體比山豬大三倍。有一隻眼睛，鼻子的位置有人類的嘴巴，樣子不太好看。」

六合形容的妖怪，風音記憶中也沒有。有活過漫長歲月的山豬，修煉妖力，變成異形，被稱為山中霸主，但好像跟那個不同。

「沒有任何動靜，突然從森林衝出來。」

六合在千鈞一髮之際躲過攻擊，但甲冑被白色獠牙劃過，出現了裂痕。

「森林？」

「是啊，」神將點點頭，眼睛閃過厲光，「就是進入吉野附近的櫻花森林。」

六合在天亮前離開了竹三条宮。

他說，要去妖怪出現那附近再搜索一次。因為長得像山豬的妖怪，散發出來的妖氣有點像晴明。

竹三条宮的人都還在睡夢之中。

風音去看以前被晴明與昌浩救回來的那棵櫻樹。

櫻花凋落了八成。僅存的少數花朵，混雜在葉子裡綻放。

看到那些花正逐漸轉變成紫色，風音喃喃叫著：

「污穢……」

還不到轉為魔性的程度，但顯然產生了變化。

風音一手掩住雙眼，咬住了嘴唇。這棵櫻樹若轉為魔性，京城的樹木就會嚴重枯槁到無法挽回的地步。

要當場淨化這棵櫻樹很容易，但解決不了根本問題。

樹木枯萎會招來污穢。氣不流通使樹木枯萎，導致京城的氣枯竭。京城因氣枯竭而產生的污穢，又轉回這裡。

正在循環的不是氣，而是死亡。死亡會招來死屍。最後形成尸櫻。

「如果晴明在……」

有晴明在，人心就不會淤滯到這種地步。但晴明不在京城，到底在哪裡？

連在不在這個世界都不知道。

不能依靠不在此處的晴明。

風音放下遮住眼睛的手，注視著櫻花巨樹。

「我必須想想辦法——」

讓年老的晴明回來時，不要有負擔。

喃喃自語的風音，眼睛如同沒有一絲漣漪的水面般深邃。

小怪的陰陽講座

④平安時代高官等的便服。

⑤上面寬大，褲腳有繩子可以綁起來的褲子，通常與狩衣搭配。

⑥官名。職責是傳達聖旨或上奏，相當於天皇的祕書。

⑦八到十世紀時，日本最初製作的乳酪。

⑧服侍貴族的小女孩。

6

老人抬頭看著尸櫻，嘴唇振動，像是在哼唱什麼。

躲在紫色花瓣下包圍著老人的無數張臉，不斷重複著相同的話。

『已矣哉。』

◇　◇　◇

忽然，老人沉默下來。

接著用誰也聽不見的聲音低聲說道：

「我不會讓事情變成那樣……」

老人又繼續唸著什麼，如歌唱般，聲音微弱。

起風了，紫色花朵激烈亂舞。

在花瓣似乎要將老人吞噬的森林裡，邪念的聲音陰沉地繚繞著。

『已矣哉。』

無可救藥。已經無可救藥了。所有的一切都完了。

這些花、這些染上魔性的櫻樹都會……

『已矣哉。』

無數張臉發出噠噗的聲響跳躍著。

一起嗤笑起來。

◇　◇　◇

咲光映注視著依舊昏迷不醒的十二神將勾陣，忽然聽見鬆了一口氣的溫柔聲音。

「啊……找到你們了。」

她的肩膀大大顫動。回頭一看，顯得疲憊不堪的昌浩，手扶著櫻樹，吁吁喘氣。

她從屍懷裡溜出來，起身跑向昌浩。

「咲光映……」

屍驚訝地低聲叫喚，但咲光映就是不敢看他。

昌浩迎接眼神驚懼、直直跑向自己的女孩，疑惑地皺起眉頭。

「咲光映，怎麼了？」

緊緊抓住昌浩的咲光映，很想說些什麼，但不知道該怎麼說，默默搖著頭。

昌浩用詢問的眼神望向屍。

弓起一條腿坐在小河邊的屍，目光炯炯地盯著昌浩，眼神十分冰冷。

看到他的眼神那麼冰冷，昌浩難掩疑惑，把手放在女孩肩上，側頭問道：

「發生了什麼事？」

難道是那個妖魔在附近出現了？

這麼一想，昌浩緊張地環顧四周。但附近都沒有妖氣。覆蓋地面的花瓣是美麗的粉紅色，花瓣底下也不像有蠢動的邪念。

反而還許久沒被這麼清澄的空氣包圍了。

昌浩深吸一口氣，放鬆全身力量，拍了一下咲光映的肩膀，走向勾陣和屍。

咲光映緊抓昌浩的狩衣袖子，慢慢跟著他走。昌浩放在她背上的手又大又溫暖，所以她才有勇氣往前走。

低著頭不敢看屍的咲光映，緊靠著勾陣坐下。

瞪著昌浩的屍，詢問全身僵硬、已坐下的女孩：

「咲光映，妳怎麼了？哪裡痛嗎？」

聽得出來他很關心咲光映，也很困惑。

屍緊盯著咲光映，努力思考著。

「………」

好不容易追上兩人的昌浩，搞不清楚怎麼一回事，只能靜觀其變。

自己不在的時候，到底發生了什麼事？最奇怪的是咲光映。

尷尬的沉默籠罩現場。

半晌後，屍忽然眨個眼睛說：

「我知道了，妳累了吧？」

這麼嘀咕的他，猛點頭同意自己所說的話。他在咲光映旁邊坐下，在口袋裡摸索了一會兒。

似乎是找到了什麼，屍的眼睛一亮，拿出一個小布袋，打開布袋口，伸手進去，拿

出了黑黑的東西。

「妳看，咲光映。」

低著頭的女孩看到被遞到眼前的東西，輕輕叫了一聲「啊」。

放在男孩手上東西是柿子乾。

雙手接過柿子乾的咲光映，滿臉驚訝地看著男孩。

「這是……」

屍鬆了一口氣，心想咲光映總算肯看自己了，點點頭說：

「嗯，這是妳以前給我的柿子乾……我捨不得吃，所以都沒減少。」

笑得很靦腆的屍，眼神率真又溫柔。

將柿子乾往嘴裡送，淺嚐一口，天然的甜味便在嘴裡擴散開來，那種滋味教人好懷念。咲光映品嚐著暖進心底的味道，眼角熱了起來。

自己到底在想什麼呢？竟然覺得屍很奇怪、很可怕。這樣想他太可笑了。可能是因為一直待在櫻花森林裡，神經太過緊繃，兩人在哪裡出現了分歧吧？一定是害怕那樣的分歧，才覺得屍很可怕。

看到咲光映平靜下來，屍很滿意，要把袋子收進懷裡時，瞄了昌浩一眼。

「啊，是柿子乾呢，好久沒吃了。」正這麼想的昌浩突然與屍四目交接，驚慌失措

地眨了眨眼睛。

就在這時，肚子小聲叫了起來。

「……………………」

清澄的水嘩啦嘩啦地流過。被風吹落的花瓣翩翩飄落在水面上，骨碌骨碌旋轉，描繪出圖案。

眨了下眼睛的咲光映，好奇地望向昌浩。

屍則面無表情地盯著昌浩看。

難為情的昌浩把手放在腰帶上，陷入了沉思。他讓思考迴路運轉到最大極限，想著該假裝鎮定，還是笑著老實說：「哎呀，我肚子餓了。」

他在記憶中搜索，想到自己在祖父下落不明的那天早上吃過飯後，就再也沒喝過水、吃過東西了。

可能是發生太多、太多事，知覺麻痺而忘了吃，等於是長期絕食。

原本連這件事都忘了，但看到屍拿出食物，身體就產生反應，告訴他肚子餓了。

以生物來說，這是正確的反應，但理性卻在這種狀況下大叫「慢著」。

皺起眉頭正要開口的昌浩，聽見咲光映說：

「屍……也給昌浩一個。」

「咦？」

屍立刻大叫，顯然是不願意。但咲光映並不死心。

「拜託你，一個就好……不行嗎？」

她偷瞄屍一眼，被懇求的屍滿臉不情願。看樣子，怎麼求都沒有用，咲光映用手把柿子乾被咬過的地方撕下來。

知道她要做什麼的屍，在她開口前，趕緊從袋子裡拿出柿子乾。

他把柿子乾粗暴地塞給昌浩，很不高興地說：

「吃吧。」

「謝謝……」

昌浩遲疑了一下，坦然接受，滿臉尷尬地端詳拿在手裡的柿子乾。咲光映看著這樣的他，露出了微笑。

昌浩聳聳肩，苦笑了下，假裝沒察覺屍刺人的視線，咬了一小口柿子乾。

令人懷念的味道讓他心情放鬆。

「柿子乾啊……」

昌浩喃喃低語，屍卻回嘴說道：

「怎樣，不滿意的話……」

昌浩慌忙搖頭解釋：

「不、不，我只是想起以前吃過杏子乾和桃子乾。」

嘴角綻開笑容的昌浩，眼睛追逐著遙遠的往日。

那是好幾年前的事了，他們還住在一起的時候。

她說想給昌浩吃好吃的東西，便去市集買了些東西回來。

因為她那份心意，盡心為自己設想，讓昌浩很開心。

桃子可以驅魔，所以他曾經使用桃子乾布設結界。

也曾經與白色小怪大口大口咬著杏子乾，問六合要不要吃，但六合沒吃。

好想吃久違的杏子乾，也已經好久連看都沒看到了。在播磨時沒那種心情，回京城後，也不想自己去市集買。

昌浩又咬了一口柿子乾。不是一口全塞進嘴裡，而是一點一點地咬，仔細咀嚼。

味道雖然跟杏子乾不同，但還是喚起了他的思念。

「很好吃呢……」

聽到昌浩充滿種種思緒的話，咲光映開心地點點頭說：

「是我和母親一起做的呢。」

「哦？」

「我們摘下庭院樹木的果實，用小刀剝皮，剝滿了好幾籠呢。」
由於不習慣剝皮作業，剛開始手指被割傷好幾個地方，後來使用小刀就越用越純熟。把留在柿子蒂頭前端的小樹枝穿過粗草繩的繩結，吊在屋簷下，以免被雨淋溼。很多柿子排在一起，黃紅色的果實很像過年時懸掛的飾品，非常漂亮。
「父親也稱讚說很好吃。我們做了很多，也分給了鄉里的人。」
咲光映說得開心，昌浩邊附和邊瞇起了眼睛。
屍看著咲光映的眼神很冷漠。他從布袋拿出柿子乾，粗魯地丟入嘴裡。怎麼看都不像在品嚐，只是面無表情地咀嚼。
「屍也說很好吃哦。」
咲光映轉頭看屍。
屍抿嘴笑著。
「嗯，咲光映很會做柿子乾呢。」
昌浩的胸口不規律地跳動起來。
剛才是看錯了嗎？
一陣寒意襲至脖子附近。
心臟撲通撲通跳得很快。昌浩隔著衣服輕輕扣住掛在胸前的道反勾玉，連眨了好幾

下眼睛。

屍蹲下來，用小河裡的水洗手。啪吵啪吵濺起了水花。他用洗乾淨的手掬起水，倒進嘴裡潤喉。再接著洗臉，用力甩頭甩乾水珠，剛才顯露的可怕表情已經完全不見了。

看到屍豪邁地用袖子擦臉，咲光映也學他把手放進水裡。過了一會，她雙手捧起水送到嘴邊。

昌浩看著他們，心想原來這裡的水可以喝？就也跪在河邊，伸手到水裡。

比想像中冰涼的水，彷彿以清澄舒暢的波動，沖走了體內淤滯的東西。

柿子乾和冷水，刺激空蕩蕩的肚子，突然感覺回到了現實。

體能到了極限，靈氣也幾乎消耗殆盡。剛才與妖魔對峙，元氣大傷，幸好沒受傷，還能走動。體力與靈力所剩不多，但氣力還沒用盡。

這個地方充滿正常的水氣，在這裡稍作休息，應該多少可以復原。

昌浩瞥了一眼躺在地上的勾陣。不只是他，勾陣待在這裡，說不定也能恢復力氣醒過來。

「妖魔呢？」屍問。

「在那裡出現的妖魔全被我殲滅了。」

咲光映呼地鬆了一口氣，但屍的表情還是很嚴厲。

「其他妖魔聞到血腥味也會跑來。」

男孩望向勾陣。她額頭上的傷已經癒合，咲光映也幫她把殘留的血漬都擦乾淨了，但仍有血腥味。

妖魔的嗅覺很敏銳。其他妖魔會不會聞到人類聞不出來的血腥味而追上來，誰也不敢保證。

老實說，丟下她會比較安全——屍的眼睛這麼說。昌浩看出他的意思，便開口說道：「不……」

「不可以那麼做。」咲光映搶先昌浩一步，堅決地說。她盯著屍的眼神，認真得嚇人。「屍，你是不是想扔下勾陣？不可以那麼做，要逃一起逃。」

「可是，咲光映……」

「扔下她太無情了，我討厭說話冷酷的屍，我討厭那樣的屍！」

「咦……」

咲光映當然不是真的討厭屍，但屍大受打擊，表情很受傷。

看到屍那麼慌張，昌浩也同情他。

勾陣為了保護屍和咲光映，才會搞到不能動，所以咲光映說屍冷酷也有道理。

可是，看看鼓起腮幫子、對屍不予理會的咲光映，再看看欲哭無淚、拚命找話說的

屍，還是會覺得女孩把男孩逼到了絕境。

屍以保護咲光映為優先考慮，才會做出這麼無情的判斷，卻被咲光映說成那樣，叫他情何以堪？

昌浩認為自己應該挺咲光映。他心裡明白，卻還是想挺屍，可能因為屍很像以前的自己吧？

「咲光映，別這麼說。」

「不行，我們說好一起走的。昌浩、勾陣都要一起走。」

男孩拚命解釋，女孩卻漠視他。在一旁聽他們對話的昌浩微笑著，忽然想到——要走去哪裡呢？

這裡是尸櫻的世界。為了使屍與咲光映的罪過、責難、懲罰永遠不斷重複，而被封鎖的櫻花森林被打開了。妖魔入侵了原本進不來的森林，那很可能是以前攻擊過咲光映的野獸變形怪。

尸櫻的目標是咲光映，晴明與神將們都在追咲光映。待在森林裡，神氣、生氣、靈氣都會慢慢被剝奪。

必須在感覺產生異狀前逃出森林。

想到這裡，又回到最初的問題——該逃到哪裡？

怎麼才能離開這個世界？即使能離開這裡，晴明和神將們也一定會追到天涯海角。

因為昌浩和晴明都住在人界，不管逃到人界的哪裡，只要晴明想找他們就能找到。

現在最大的問題是，昌浩不知道怎樣才能離開這裡。

他唉聲嘆氣。以前也發生過類似狀況。黃泉的風穴被鑿穿，硬是把他拖了進去。歷經種種之後，又回到了人界，但回去時也與昌浩本身的意願無關。

這次，同樣是被那個黑色邪念與晴明的力量硬拖進水池裡，醒來就在這裡了。

由於不是自己來的，也不知道怎麼回去。

「我居然……」

實在太沒用了，居然重蹈覆轍。怎麼會這樣呢？為什麼夢到時沒有提高警覺也沒有防備呢？

大哥成親一定會說：「都是事後才悔恨，所以叫『後悔』。」

——你真沒用呢，晴明的孫子。

彷彿在耳邊響起的聲音，又給了他致命一擊。昌浩在嘴裡低嚷：

少囉唆，你不過是隻怪物，現在又不在這裡！

白色怪物嘻嘻竊笑的臉、大哥浮現捉弄笑容的臉、二哥困惑的臉，輪流從眼前閃過。

好像哪裡不對勁。

「咦……」

昌浩把快要從大腦流出去的東西硬拉回來。

梓是昌浩等人被拖進水池裡的開端。

從播磨國菅生鄉回來後，昌浩一次也沒見過她。來到這裡後，卻見到了這個下落不明的姪女。

在彷彿被微白櫻花照亮的迷濛森林中，有條流水潺潺的小河。但映照出梓的水面，與那條小河不同，浮現在比黑夜更昏沉的黑暗中。

呸鏘。

昌浩聽見了水聲。不是真的聽見，而是在大腦裡重演了當時畫面。

映照出梓的水面猶如烏黑發亮的鏡子，牛身人面的妖怪緩緩沉入水裡。

黑暗中，屍背著梓奔馳，咲光映也拚命跟上他的腳步。不知道怎麼辦到的，屍撬開黑暗，他們抵達在盛開的櫻樹下。

那是寢宮南殿的櫻樹的母樹。

響起了屍的聲音。

——那孩子被尸櫻魅惑了。那棵樹會吃下有生命的東西，靠這樣……

「屍……」

聽到昌浩發出來的低沉聲音，兩個孩子都默默把頭轉向他。

躺在地上的勾陣身影，掠過視野角落，昌浩突然發覺她更蒼白了。

「我有個六歲的姪女，映照在件沉沒的水面上。」

孩子們猛然倒抽一口氣，面面相覷。

「揹著她跑的人是你，屍，那時候你……」

咲光映站到屍前面，袒護他說：

「是屍救了那個被帶來的小孩，是屍救了她。」

男孩面無表情，緘默不語。咲光映激動地接著說：

「她是代替我被尸櫻魅惑了，都怪我不好，都怪我……」

都怪我逃跑了。

咲光映說不出口，但她很清楚是怎麼回事。

男孩從背後輕柔地摟住了咲光映，他只怕不得不放開懷裡這個體溫。

從女孩臉頰滑落的淚水，在男孩的手臂碎裂濺開。

「所以我們又回到了這裡，從那孩子的世界回到了這裡。因為只要我待在這裡，那

孩子就不會有事。」

尸櫻的目標是咲光映。梓只是咲光映的替代品。有咲光映在附近，尸櫻就不會吞噬在其他世界的梓。

所以，她選擇在這個世界逃亡到筋疲力盡。她決定了，無論被追得多緊，她都不會停下來。屍說會保護她，而這句話是她唯一的寄託。

摟著咲光映的屍，眼神殺氣騰騰。昌浩竟敢惹哭咲光映，讓他怒火中燒。

昌浩舉手發言：

「啊……呃……我不是要說這個……」

他不怪咲光映，並不是要斥責她，只是想確認這件事。

咲光映看著跟自己想像中不一樣的昌浩，嚇得縮起了身子。

昌浩注意不要跟散發出強烈殺氣的屍四目相接。

「你們撬開黑暗，將那孩子放回了人界嗎？」

咲光映點點頭。

「是屍做的嗎？」

她又點點頭。

「屍會做，但那是很耗精神的法術，所以不能常常施展。」

咲光映轉頭向屍確認，屍回她說：

「不過，妳要我做我就會做。」

咲光映的眼波蕩漾，微微動著嘴唇說對不起。

她知道屍會說不用道歉，但她還是忍不住。

「那麼……」昌浩用手指按著嘴唇，皺起眉頭說：「我希望你把從這裡去到那裡的路再連結起來。」

咲光映張大眼睛搖著頭說：

「不行，那是很耗精神的法術，做太多次的話，屍會……」

「所以一次就好，只要幫我連結起來，我自然會有辦法。」

「咦……？」

困惑的咲光映，交互看著屍與昌浩。

稍微垂下眼睛思考的昌浩，看著動也不動躺在地上的勾陣。

——昌浩，這個地方……

他想起勾陣說的話。

——很像道反聖域。

那裡以大岩石隔開人界，時間的流逝與人界不同，雖緊臨人界，性質卻是全然迥異。

由於那裡被完全隔離，尸櫻的力量到達不了。而且有神守護，不管發生什麼事，沒有取得許可，安倍晴明也不能動手。

「那邊跟這裡很像，到了那，誰也不敢追來。」

那個世界有很多不可思議的地方，尤其是瑞碧之海，只要浸泡在海水裡，就能使傷勢或神氣復原。體力消耗到這種地步的勾陣，浸泡後也一定很快就能恢復元氣。

「去那裡就沒事了，一定會沒事……」

握緊拳頭的昌浩，不只是說給咲光映和屍聽，也是說給自己聽。

勾陣說神氣消失的紅蓮還活著。

既然活著，就還有救。若是失去神氣，只要浸泡瑞碧之海就行了。他也能施行他會的所有法術，或唸誦祈求病癒的咒語。

對了，乾脆使用禁忌招數，去向貴船的祭神伏地叩首，要求協助。

不過，回京城後都沒去打過招呼，恐怕祭神不會答應幫忙。

清澄的河流瞬間閃過晴明的臉。

因為發生什麼事而產生變化的祖父，只要活著，也一定有辦法復原。

可以去找道反女巫，也可以去找高龗神。啊，對了，還可以去找伊勢海津見宮的她。或求助於根源之神也是種辦法。

等祖父恢復原狀，他就要跟祖父說：

爺爺是個堂堂大人物，怎麼會搞成這樣呢，太丟臉了。

「一定會有辦法，我會做給你看。所以，屍，請再連結世界一次。」

昌浩希望自己能連結世界，嘗試去做，說不定真的能辦到。

但既然眼前有保證能做到的術士，最好還是交給這個人來執行，成功率會比較高。

現在的自己靈力所剩無幾，若當場學習回到人界的法術，即使成功返回，也大有可能動彈不得。

因此，考慮到那之後的事，必須做比較實際的選擇。

「道反女巫一定會幫我。」

回到人界，就保護他們兩人去道反聖域。

出雲有九流族的後裔男孩，和與他相依為命的狼。雖然他們曾經與女巫敵對，但女巫並不計較，還是試著協助他們。有時守護妖們會深入山裡，偷看他們過得好不好。

那麼龐大的身軀，要閃閃躲躲恐怕很難，守護妖們自以為偷看，其實對方肯定都發現了。

反而是發現的一方假裝不知道。

昌浩想，好久沒見到他們了。

腦中隨即浮現風音的身影。

她說過願意隨時提供協助。對了，可以找她居中斡旋。

昌浩把想到的事，告訴不安的咲光映和依然面無表情的屍。

他們兩人都感到很困惑、徬徨。咲光映為屍擔心，屍則懷疑自己能不能保護咲光映的安全。

「連結世界時，我會協助屍，也會保護咲光映的安全。」

昌浩很有把握地點著頭，咲光映把嘴巴緊閉成一直線，滿臉嚴肅地盯著昌浩，用不曾聽過的僵硬聲音說：

「屍真的不會有事？」

「我會盡全力協助他，讓他平安無事。」

聽到昌浩的回應，屍的眼眸閃過一道光芒，撫摸著咲光映的頭髮，好像在想什麼。

「……」

他動著嘴唇，低聲複誦「道反聖域」。他聽過這個地方，有坡道通往黃泉。

很久、很久以前，當村子、村人都還在時，撫養他長大的親人，是會使用咒語的婆婆。當時他們雖然窮，但日子過得很安穩。

婆婆不但教他咒語，還說了許多不知道是夢還是現實的事。

這世上有很多門都被關上了，而門後面是沒有陽光照耀的混沌黑暗。很多世界與原始的黑暗相連結。

無論任何世界都有兩扇門，那就是入口與出口。打開其中一扇門，另一扇也會敞開。由於所有世界會彼此相互影響，只要在某處有門敞開，就會在所有地方發生相同的事。

——所以藏在遙遠的過去。

「…………」

屍稍微張大了眼睛。

好久沒想起婆婆的話了。那是很久以前聽婆婆說的。久遠到記憶都已模糊，不確定是不是真是出自婆婆之口。

這個世界的門，藏在誰都看不見的地方，所以不能打開。

不管發生什麼事，都不能打開。

——可以做出與那裡之外的世界相連結的道路。

屍的眼眸深處出現微乎其微的動盪。

——想知道方法嗎？我可以告訴你。不過可要小心，如果為了好玩而橫越眾界是會沒命的。

那麼做，等於是削減了些自己的生命用來當鑰匙，打開通往世界之門。在打開門時，

成為鑰匙的靈魂就會爆開消失，產生的波動會傳到遙遠的彼方。

一次又一次打開門，生命就會一次又一次縮短。

婆婆說可以教他，但警告屍不能使用。若除了自己之外，還有其他人也要一起通過那扇門，生命就會縮減更多。

屍沒告訴咲光映這件事，只敷衍地說不能做太多次。光說這樣，咲光映就知道事情的嚴重性了。

儘管知道，她還是懇求屍放那孩子回去，所以屍把那孩子送回了人界。

碎裂的鑰匙產生的波動，被尸櫻捕捉到了。神將發現他們兩人，展開追捕。

屍可以做出通往人界的路，要開幾次門都可以。

讓咲光映通過沒關係，只要能保護她，縮減自己的生命也無所謂。

但是，他並沒有義務讓昌浩和勾陣通過。

屍瞥一眼躺在地上的神將，眨了眨眼睛。

對了，可以用來當鑰匙吧？

如果真能逃過尸櫻的話。

咲光映從這個世界消失，又沒有其他祭品，那麼一來，招來死屍的尸櫻總有一天會枯萎倒地。

尸櫻枯萎後，就沒有東西可以威脅屍和咲光映了。
封鎖他們的森林改變了形式。既然妖魔可以進來，他們也能夠出去。
在那些邪念追上來之前；在尸櫻的力量抓到他們之前。
只要脫離這個世界。
他就可以跟咲光映永遠在一起。
再也不用繼續供應活祭品了。
——……要……保……尸櫻……
忽然響起斷斷續續的聲音。
是婆婆的聲音，她臨終時說的話。
屍訝異地稍稍偏起頭。
他回想過往。
為什麼自己選擇不斷提供祭品給尸櫻呢？
他大可帶著咲光映逃跑。
明明這樣做就可以了啊！

7

昌浩對表情僵硬的咲光映又說了一次：

「為了脫離這個世界，我會盡所有力量來協助他。」

然後，昌浩轉向了沉默不語的屍。

「屍，拜託你。屍……？」

看他毫無反應，昌浩詫異地皺起眉頭。

「屍，你怎麼了？」

顯得心不在焉的男孩，被叫了好幾聲才回過神來。

他眨了幾下眼睛，回看昌浩後，對擔憂地看著他的咲光映笑笑，讓她安心。

「對不起，我在想一些事。」他抬起頭，盯著位置比他高的昌浩的眼睛，低聲問：

「真的去那裡就可以把咲光映藏起來嗎？」

男孩的聲音增添了幾分厲色，昌浩一時說不出話來。

緊盯著他看的屍，表情變得更可怕了。

「我不相信你。」

屍短短撂下話，抓住咲光映的手走開。

「屍？」

疑惑的咲光映被拖著走。

屍走向河川上游。一邊被拖著走，一邊回頭的咲光映，困惑地望向昌浩。

她不希望屍再使用法術，但也不想離開不能動的勾陣和昌浩。

她的眼神這麼訴說著。

昌浩揹起勾陣，跟在屍後面。

「等等、等等。」

小孩子的步伐小，昌浩很快就追上了，與屍並行。

屍直直往前走，似乎朝向了某個目標。

強風迎面吹來，花瓣打在身上。可能是風勢的關係，又小又薄的花瓣打在身上還是很痛。

昌浩迎著把人往後推的風向前走，微微張嘴說：

「你要去哪？」

河流越來越窄，出現了水源的泉水。

相隔一段路，才又有櫻花環繞。櫻雲中斷，可以看到只有黑暗的天空。

從樹間縫隙可以看到森林之主的櫻花樹梢。距離這麼遠，居然能看到頂端，可想見那棵樹有多麼高大。

待在那棵樹底下時，被盛開的花朵遮蔽了視線，沒看到全貌。離開後，從遠處看才知道高度。

昌浩心想，這座森林到底有多大呢？

在黑暗中走了很久才到達這裡，應該離尸櫻很遠了。進入森林後，一直是朝與尸櫻相反的方向走。

森林差不多該到盡頭了，樹木卻更為茂密，連綿不斷的櫻雲如大海般延伸到遠方。

「好像一片櫻海……」昌浩喃喃說著。

咲光映聽見，眨了眨眼睛。

「海？」越過泉水平野，又進入大片樹林時，咲光映問昌浩：「你看過嗎？」

昌浩對眼睛閃閃發亮的女孩點點頭說：「嗯。」

「有多大？是什麼顏色？」

「比這座森林大很多，非常大喲！晴天時，看起來像藍色；而陰天時，看起來會有點黑。」

咲光映一邊隨聲附和，一邊開心地聽著，屍瞥見她的側面，瞇起眼睛看著她，平靜地開口說：

「妳想看海？」

倒抽一口氣的咲光映，看見男孩溫柔的眼神，小聲回答說：

「想看……」

聽見含蓄的心聲，屍閉了一下眼睛說：

「嗯……我知道了。」

他緊緊握住牽在一起的手，把眼睛轉向昌浩，目光十分冷漠，與剛才對咲光映時完全不同。

「我只做一次。」

看到他的態度差那麼多，昌浩乾笑著回應：

「我知道，拜託了。」

「————」

屍稍微加快了腳步。

「屍，我們要去哪？」

咲光映顯得很不安，男孩溫柔地回答：

「盡可能遠離屍櫻，尋找只能跟那棵櫻樹相連的樹。」

「那棵櫻樹？」昌浩問。

屍看也不看他，說：「對。」

「只能跟那棵樹相連的樹是什麼意思？」

「就是那個意思啊，怎麼連這個都不懂呢！」

看昌浩搞不清楚狀況，屍毫不隱藏他的焦躁。

「屍，怎麼回事？」

換咲光映歪著頭問，屍很有耐心、仔細地回答她：

「在人界的那棵櫻樹很長壽，所以我要找跟那棵樹差不多歲數的櫻樹幫忙，這樣會輕鬆一點。」

「……………」

昌浩把嘴巴撇成乀字形。

「哦，好吧。」

他露出一點都不好的表情，呆呆地低喃。

勾陣快滑下去了，他重新揹好，讓勾陣靠在他左肩上，那張靠他很近的臉，越來越蒼白了。

隔著衣服傳來的體溫，似乎也逐漸下降。要彌補被奪走的生氣，需要清淨的靈氣或

壓倒性的神氣。小河附近充滿清澄的空氣，只能把消耗降到最低限度，沒辦法讓她復原。

在這段期間，森林還是繼續剝奪昌浩他們的生氣。

離清淨的河流很遠了。現在充斥在昌浩他們周邊的氣，跟剛才充滿那裡的清澄空氣有如天差地別。

盛開的花很美。飄散的花很美。就只是美。美到不像這世上的東西。

昌浩已經不想再看見櫻花。

他咬住嘴唇，垂下視線，看到鋪滿地面的粉紅色花朵，稍微變了顏色。變成枯萎的顏色，帶點淡紫色。

心跳怦怦加速。

他環視周遭。樹枝上綻放的花是粉紅色。放眼望去，沒有變色的花朵。

然而，在飄落的花瓣中，卻不時夾雜著幾片淡紫色的花瓣。

屍發現昌浩的表情不對，生硬地說：

「快穿出森林了。」

昌浩猛然回神，屍用沒有抑揚頓挫的語調對他說：

「可能會出現妖魔，還有那一大堆臉，你要好好保護我們！」

屍的語氣很霸道，連咲光映都豎起了眉毛。

「屍，怎麼那麼說話呢……」
「他剛剛說會盡力協助我啊。」
屍用眼神問昌浩是不是這樣？
昌浩默默點著頭。
「看吧……啊，咲光映，妳放心，我會保護妳。」
咲光映抬頭看著昌浩，滿臉歉意。昌浩用眼神回應她說不用在意。
除了一個人之外，屍完全不把人當人看。不僅面對的表情不一樣，聲音也不相同。分得很清楚，夠爽快。
那樣子很像誰呢？
想到這裡，腦中閃過朱雀與天一的身影。
「…………」
昌浩有如吞下了鉛塊，心情變得好沉重。
黑色東西發出噠噗聲，爬上了昌浩等人走過的樹根。
無數張臉對著快步離去的背影輕聲哼唱。
『已矣哉。』

響起嘎吵聲。

連綿不斷的樹木間，躲著好幾隻隱藏殺氣的大野獸。

黑膠邪念重複著同樣的話。

『已矣哉。』

在颼颼風聲中、在落花飄舞中，有著半月形大眼睛的野獸們，無聲地追逐獵物。

牠們躲在櫻花霞霧裡，看不見身影，風卻會透露牠們的行蹤。

出了森林，就沒有任何東西遮擋了。

無數張臉避開野獸，縱橫無盡地滑行，追逐著男孩們。

『已矣哉。』

已經完了。已經完了。不論去哪都已經完了。

野獸經過的櫻樹，樹枝上冒出來的新花蕾，帶著淡淡紫色。

◇　◇　◇

正要出發去賀茂川參加上巳的祓時，侍女雲居的身體很少見地出現了狀況。

她說頭有點暈，怕妨礙工作，希望可以換其他人陪公主去。

順應臥病的她的請求，臨時換成了其他侍女。

命婦非常不高興，認為她沒做好健康管理，但想到現在流行惡性感冒，還是叫她好好休養。

脩子趁出門前大家手忙腳亂時，偷偷溜出了主屋。她小心觀察四周，瞞著所有人走向風音的房間。

確定四周無人後，她悄悄溜進房間。風音躺在床上，把大外褂拉到脖子，閉著眼睛。

脩子躡手躡腳走到枕邊時，風音猛然張開眼睛，坐了起來。

「公主，妳來這種地方會被命婦罵。」

脩子在她枕邊一屁股坐下，側著頭說：

「風音，妳好像很健康嘛，聽說妳頭暈？」

「我是覺得有點暈，不過好像好了。」

風音若無其事地回答，苦笑起來。

「對不起，這次不能陪妳去。不過，我會叫嵬去，所以妳大可放心。」

脩子眨眨眼睛說：

「妳是不是有什麼任務？」

她早就發現，風音會趁夜深人靜時溜出府邸，躲過守備的隨從、雜役們，摸黑出去，又神不知鬼不覺地回來。

看到內親王用聰慧的眼眸注視著自己，風音輕撫她的頭說：

「我的確有點事。等妳回到這裡時，我就完全沒事了，放心吧。」

脩子知道她所說的「沒事」，不是指身體好起來。其他人或許會那樣解釋，但脩子的心告訴她不是那樣。

「我不會有事，嵬不去也沒關係。」

她想，如果風音是要去完成任務，最好帶嵬一起。最近，十二神將六合也經常不在風音身旁，現在也不在附近。

「放心吧，有猿鬼它們陪著我。」

猿鬼、獨角鬼、龍鬼三隻小妖摩拳擦掌地說，在賀茂川修禊後，還要去音羽山的瀑布做瀑布修行。

風音浮現複雜的笑容，眼神飄忽。她總覺得，小妖們最近好像有點忘了自己是妖怪。有哪個世界的妖怪會去修禊、再去做瀑布修行呢？不過，它們只算是淋浴吧。現在還是春天呢，它們也太有精神了。

不愧是去伊勢參拜過的小妖們。

「我知道妳不會有事，但我還是擔心，所以會叫嵬陪妳去。」

脩子皺起眉頭，風音愉悅地笑了起來。

「妳差不多該回主屋了，命婦好像在找妳了。」

脩子點點頭站起來，走出去後又忽然想到什麼，回過頭說：

「京城還好嗎？」

風音的眼眸閃過亮光，心想公主真的很聰敏。

「有陰陽師在，不會有事。」然後，她沉穩地補上一句：「那套衣服是藤花搭配的吧？很適合妳呢。」

衣服襯出了脩子白皙的皮膚，也襯出了脩子濃密烏黑的直髮。是沒有同行的藤花，全心全意幫她搭配、幫她換上的吧？

外層是淡紅色，中層是白色，裡層是黃綠色，這樣的搭配叫「桃之襲」。

脩子低頭看看自己的衣服，稍微攤開雙手展示袖子，開心地笑了。

「沒有人了，可以出來了。」

窺視周遭的龍鬼搖搖尾巴。躲起來的猿鬼和獨角鬼跑出來，從屏風與牆壁間的縫隙鑽進某個房間。

那是命婦的房間，是其他侍女房間的三倍大。

雙層櫥櫃上疊放著好幾本書，淺盒裡排列著幾個捲軸。上板窗附近有張桌子，旁邊擺著燈台。硯台盒是高級品，但很老舊了。

硯台盒旁邊有個陶製花瓶，插著一根小樹枝。

「什麼啊？」

只插著沒有花、沒有葉子的樹枝，真是奇怪的品味。

櫥櫃下方是雙開門的架子，門安裝了鎖頭，但沒上鎖。

三隻小妖聚集在櫥櫃前，把門打開。裡面有一疊紙張，以及一個細長的布包。明明還有很多空間，卻只放了這些東西。

「這是什麼？」

獨角鬼摸摸看，覺得布摸起來很柔順。

「是絲綢吧。」

「會是畫卷嗎？」

猿鬼把布包拿出來，解開布巾。嘩啦滾動敞開的布包，跑出了一個捲軸，比放在櫥櫃上方的捲軸細。解開繩子一看，裡面寫滿了毛筆字，沒有它們想像中的圖畫。

「嗯？是女人的筆跡呢。」

猿鬼攤開捲軸，歪起了脖子。

龍鬼說：「就拿這個吧。」

獨角鬼點點頭說：「好吧，好像是很寶貝的東西。」

「是啊。」

回應的猿鬼把用來包捲軸的布扔回櫥櫃裡，骨碌骨碌地捲起捲軸，再綁上繩子。

「啊，先用這個包起來吧。」

龍鬼拿出不知從哪弄來的油紙，猿鬼用那張油紙把捲軸包起來。

四處張望的獨角鬼找到針線盒，拉出線來，骨碌骨碌纏繞捲軸，打了個結，以免油紙脫落。這是藤花教它們的做法。

「嘿嘿嘿。」

獨角鬼開開心心地把針線盒放回去，帶著猿鬼、龍鬼走出了房間。

猿鬼把剛才的捲軸緊緊握在手裡。

匆忙準備啟程的竹三条宮，侍女和雜役們都忙得不可開交，比平時更緊張。

人類看不見小妖，但會看到小妖拿在手裡的油紙包，所以它們躲到對屋的外廊下面，屏住了氣息。

侍女等府內的人在它們上方走來走去。

它們觀察狀況，發現門口喧鬧起來，夾雜著馬嘶聲、牛叫聲、車輪聲。

感覺很多人開始移動。沒多久，人的氣息完全消失了，響起嘎吱關門聲。

它們還是悄悄躲著，察覺有幾個雜役走過庭院。

「順利出門了。」

「要在他們回來之前，重種那棵樹。」

「很難得的柊樹呢，真可惜。」

三隻小妖彼此互看，心想種在庭院角落的柊樹枯萎了嗎？

京城外很多樹枯萎了，京城內也處處可見。

「本來這裡都沒事呢。」獨角鬼說。

「大概只剩晴明家沒事了，那裡有強大的結界保護。」龍鬼低喃。

猿鬼抱著油紙包，「唉」地嘆了一口氣。

「晴明到底去哪了呢……」

獨角鬼沮喪地垂下了頭。

「他不在，事情就不會平息。」

「雖然年紀大了，但只要有他在就行了。」

「所以，他應該早點來我們這邊，這樣的話……」

這樣的話，就不會像人類那樣很快變老、很快死去。

他有一半屬於小妖這邊，應該在更早、更健康的時候，就老老實實加入這邊。雖然他比其他人類長壽，但人類的生命畢竟還是短暫。即使小妖們把他歸類為自己人，他還是繼續活在那一邊。

總有一天，他會渡過那條位於某處、小妖們不能渡過的河。

心情沉重的三隻小妖，在原地待了一陣子。

想說差不多了，正要從外廊底下爬出來時，又有幾個人的腳步聲靠近。

小妖們慌忙縮進去。

「……藤花，那就拜託妳了。」

「是。」

三隻小妖的眼睛都亮了起來。是藤花！

因為還有其他人在，所以它們沒有出去，追著像是藤花的腳步聲，在外廊底下移動。

腳步聲經過渡殿，來到寢殿。沒多久，又走到外廊，去了其他對屋。

她一定想不到小妖們就在自己腳底下。

三隻小妖覺得很好玩、很有意思，沒出聲地笑了起來。

四處移動的腳步聲，最後似乎移向了那個房間。

猿鬼看看手中的捲軸。就是這東西所在的房間。

她去那裡做什麼呢？

附近都沒有其他人了，所以三隻小妖把油紙包放在地上，爬上了外廊。

「藤花。」

聽到叫聲，手上抱著桃花樹枝的藤花大吃一驚回頭看。

「你們怎麼還在這裡？」

「咦？」

龍鬼猛眨著眼睛，在它旁邊的獨角鬼大叫一聲「啊」！

「對了！」猿鬼也跳起來。「會被扔下來！」

它們說好要坐脩子的轎子，居然忘得一乾二淨。

「快去吧，賀茂川的祓還要很久才會結束。」

小妖們慌慌張張從外廊跳下來。

「謝謝妳，藤花！」

「我們去去就來！」

「等我們的禮物！」

小妖們蹦蹦跳跳穿過庭院，從牆壁跳出去，轉眼間就不見了蹤影。

藤花輕聲嘆息。

「一定是忘了……」

小妖們就是這樣，被眼前的事吸引，便會忘了其他事。剛才它們可能是在外廊下面玩躲貓貓或是抓鬼。

不，說不定是在玩尋寶遊戲。它們會把沒什麼價值的東西當成寶物，一隻去藏起來，另外兩隻再靠推理找出東西。有時候會呼朋引伴，一大群小妖一起玩。

很多小妖在一起就會吵翻天，所以脩子和藤花立刻會知道。吵過頭時，風音會嘆口氣拍兩次手，它們就一溜煙地不見了。然後，不好意思的三隻小妖會默默走出來，在外廊聽烏鴉訓話。

到明天為止，都不會有這種事，竹三条宮會安靜些。

藤花看著手上的桃枝，微微笑著。

這是伊周送給脩子用來撫慰心靈的桃枝，在脩子出門後才送到。

這麼多的樹枝，幾乎都是僅冒出花蕾的狀態，就快開花了。

伊周是希望經過一晚，當脩子他們從清水參拜回來時，桃花正好開到三分的程度迎接他們。

等到他們回來，許許多多的桃枝就會陸陸續續開花。

脩子一定會很開心。

而且，桃花可以除魔。裡面應該注入了滿滿的祈禱，希望脩子可以遠離疾病、厄運。伊周說，不只要給脩子，也要裝飾在命婦和侍女們的房間。總管把這件差事交給了藤花，因此藤花在冷清的府邸到處走動。

最漂亮的桃枝放在脩子房間。

命婦的房間比她們侍女大三倍，整理得井然有序，別無長物。房間不豪華，最醒目的是書籍和捲軸。

以前她在後宮侍奉皇后定子時，聽說是以知性深受寵愛。

這個傳聞想必是真的。

藤花把幾根樹枝放在桌上，並附上伊周寫的留言。

總管收到桃枝後，立刻派人去通知命婦，所以不會因為她不在時，擅闖她的房間而被譴責。否則，一定會被罵得很慘。

想到命婦冷漠的對待，藤花的肩膀不由得垂下。

她總是很努力、很用心在工作，但看在命婦眼裡，似乎還不夠完美。命婦是在皇宮的後宮侍奉過皇后的人，標準比較高也是無可厚非。

「哎呀？」

雙層櫥櫃的門半開著，裡面有揉成一團的布。

這與收拾得乾乾淨淨的房間格格不入。

「命婦大人走得太匆忙了嗎？」

藤花不敢隨便替命婦整理櫥櫃，只把門關好，也沒碰門上的鎖。

「這樣就行了。」

剩下的桃枝是自己和雲居的份。不太好看的桃枝留到最後，裝飾藤花自己的房間。

「雲居大人，打擾了。」

「啊……」

藤花打聲招呼進去，正好與拿下假髮在梳頭的風音視線交會。

她慌忙退出房間，風音笑著搖搖頭說：

「沒關係，請進來。」

「是……」

穿著短下襬衣服的風音，頭髮梳成兩個馬尾，再把尾巴紮起以免散開。

「這是伊周大人送的，他說也要分給侍女們。」

風音露出別有意味的表情，注視著把桃枝拿給她看的藤花。

「嗯……可見他還是有察覺到什麼。」

「咦？」

藤花眨了眨眼睛，風音接過桃枝，把手指按在嘴上說：

「剛好，可以拿來用。」

桃的果實、花朵都可以除魔。

「我明天早上就回來了，不用擔心。」

風音是藉口自己臥病在床，所以她施行法術，讓大家以為她躺在床上。

「我交代過我沒食慾，不用叫我吃飯，不過……」

「如果有萬一，我會跟大家說我去看看怎麼回事。」

善解人意的藤花，主動接下了這份差事。風音微微一笑說：

「謝謝。」

她用右手結刀印，把刀尖按在嘴上，小聲唸著什麼。藤花注視著她的背影，感覺一股寒意，全身戰慄。

「對了，雲居大人……」

風音轉過頭來。藤花不知道該怎麼說，欲言又止。

「呃……是不是會發生什麼大事？」

脫口而出的話，是她從沒想過的，連她自己都驚訝地摀住嘴巴，她原本是想要說其他事情。

風音揮揮桃枝，深思地說：

「沒錯，很可能發生。」

藤花大驚失色，啞然失言。

「所以，」風音又接著說：「我要去改變這件事。所幸今天是上巳的祓，多少可以借用陰陽師們的力量。」

她要掃蕩蔓延京城的沉重淤滯。

接收污穢的大量贖物，會被聚集在賀茂川的祓場。陰陽寮的陰陽師們會全體動員，把贖物放水流，再進行修禊、修祓。

他們單一一個的力量，絕對贏不了安倍晴明。但團結起來就不同了。

而且安倍家族的陰陽師也會到場，他們的實力有目共睹。

唸出上巳的祓祝詞，就能靠多數的力量增強威力。

在完成祓除祭典的瞬間，京城的淤滯就會依附在贖物上，被一舉消除。

安排好的程序沒有問題。昨晚已經採取措施，築起了環繞京城的結界，以防氣枯竭更加嚴重。

被封鎖的氣枯竭淤積在京城上空。從一大早就沉沉低垂的雲，就是淤積的氣枯竭。

只要那片風也吹不走的雲繼續飄浮，就會有人身體不適臥病在床。

如果風音的策略成功，雲就會散去，展露出藍天。

「看到天空放晴，陽光普照，就表示所有事情都解決了。還有，我可能會晚點回來，但不用擔心，我不會有事。」

說得好像只是去市集買點什麼，風音笑了起來。

直盯著她看的藤花，默默點頭。

陰陽師經常會散發出這樣的氛圍。

當抱著必死決心要去做什麼大事時，他們會不動聲色，假裝沒什麼事的模樣，露出平日的笑容。然而，帶笑的眼眸深處閃爍著奇妙的光芒。

現在的風音，眼中也有那樣的光芒。

她不是陰陽師，而是比陰陽師扛起更多責任的神的女兒。

有很多事，風音不能說也不想說。她會承擔重責大任，讓不必知道的人可以永遠不知道。

「那我走了。」

風音轉過身，揮手道別。藤花默默目送她的背影離去。

然後，她低下頭看著手上的桃枝。

「吶、昌浩……」

我不知道的事，你一定也不會告訴我。你會笑著說不用知道。
而我一定會連自己不知道都沒察覺，深信你讓我看見的就是全部。
你們會隱瞞所有的事，平靜地微笑。隱瞞的事越多，就越堅強。
這就是陰陽師。
不知道也沒關係，只要知道看得見的事就行了。
這就是和陰陽師在一起的生活。
所以，我要那樣活下去。

8

到達賀茂川的脩子一行人在遠離陰陽師的河岸紮營，架起布幕遮住轎子。

下了轎的脩子站在鋪好的布上，仰望陰暗的天空，皺起眉頭。

「好像快下雨了。」

忽然響起烏鴉叫聲。

脩子環視周遭，看到一隻烏鴉呱呱吼叫，在他們頭頂上繞著大圈子。

中途追上來的小妖們爬到轎子上，指著烏鴉大叫。

「啊，是守護妖。」

「喂，烏鴉！」

「嘿喲！」

盤旋的烏鴉表情可怕，對著朝它啪噠啪噠揮手的小妖們，發出更淒厲的叫聲。

『還不快滾！』

聽在普通人耳裡的猛烈嘶吼，其實是在喝斥小妖們。

「唔哇！」

三隻小妖躲進轎裡，嘰嘰喳喳地發牢騷。

「有什麼關係嘛！其他人又看不見我們。」

「就是啊！」

「它幹嘛在那裡骨碌骨碌繞圈子，可以停下啊！」

脩子聳聳肩，苦笑起來。

侍女們搭乘的牛車不能到有很多小石頭的河岸，因此她們停在河堤，半打開車窗看著這裡。

脩子往命婦與菖蒲搭乘的牛車望去，看到她們兩人開著窗，用扇子遮住了臉。命婦看到脩子，把車窗開得更大，探出身體，搖晃檜扇的穗子。命婦看著脩子的眼神好柔和。

不知道為什麼，隔這麼遠脩子還是看得出來。

布幕裡有脩子、她所搭乘的轎子、一個穿著壺裝束⑨的侍女、四名侍從。布幕外有一倍人數的侍從、隨從待命。

牛車周邊也有侍從和隨從，構成了超乎想像的大隊人馬。

取下市女笠⑩的侍女把侍從們趕出布幕外，等他們出去後，脩子才走到水邊。

她把身上的污穢轉移到侍女交給她的贖物上，吹三口氣後將贖物丟進河裡，贖物很快就被流水沖走不見了。用來做成贖物的紙相當薄，所以容易溶解。

脩子用雙手掬水，啪吵啪吵地洗臉，發現水沒有伊勢那麼冰冷。

這樣就完成修禊了。再等陰陽師消災解厄，活動便告結束。

她坐在鋪墊上，喘了一口氣。

原本應該由昌浩幫她消災解厄。但昨晚接到通知，說昌浩由於陰陽寮的事去找晴明了，不知道什麼時候才會回來。

脩子鼓起了腮幫子。

「昌浩是我的陰陽師，陰陽頭居然隨便派遣他。」

而且，昌浩是在幾天前就離開了京城。

「以後要叫他凡事都向我報告。」

小妖們在耍脾氣的脩子後方彼此對看。它們知道事情真相，卻怕脩子知道會擔心。

昌浩一定不想讓她擔心。

三隻小妖相互使個眼色，點頭約定不說出口。

從牛車裡面看著脩子的命婦望向陰陽師們聚集的地方，皺起眉頭。

「公主在等他們呢，他們在幹什麼啊？」

要為脩子消災解厄的人，是陰陽助安倍吉平。陰陽助會來坐在布幕前，唸誦祓祝詞。

唸完後，脩子一行人就要前往清水寺。

「待在那種不能遮風的地方，公主會感冒的……」

命婦焦躁地碎碎唸，闔上了扇子。

「菖蒲，妳叫隨從去催促陰陽助。」

跟命婦同車的菖蒲，要去把話傳達給隨從。

「還有，把這件外套拿給公主，別讓她著涼了。」

風比想像中冷。命婦把原本自己要穿的外套交給菖蒲帶走。

看著披上外套的侍女與隨從一起徐徐走下河堤，命婦深深嘆了口氣。

她坐下來，手按著太陽穴，閉上眼睛，覺得頭有點疼。

這幾天睡醒時都不太舒服，好像作了夢，但完全記不得夢境。

醒來後總是全身盜汗，冷到骨底。

可能是太過勞累了。身體不舒服就會心浮氣躁，想找人發脾氣。每天幾乎都是看到藤花，就忍不住大聲叫吼。

不知道為什麼，看到那個女孩心情就很亂，感到渾身不對勁。

命婦掩住眼睛，又嘆了一口氣。

呸鏘。

某處響起了淌落的水聲。

是河川的水花嗎？從這裡都聽得見，可見是很大的水花。

呸鏘。

又響起淌水聲，命婦訝異地抬起頭。

有張臉從敞開的車窗往裡面看。

是人的臉，長著兩根角，脖子特別粗，連著野獸的身體。

從小小的車窗只能看到這樣。

「唔……！」

命婦倒抽一口氣，瞪大眼睛。人工般的臉看著她，緩緩張開了嘴巴。

命婦頓時失去了意識。

「——……」

張開眼睛時，命婦發現自己躺著，非常驚訝。

「什麼時候睡著了？」

她爬起身，看到車窗敞開著，冷風從那吹進來。

往外一看，菖蒲正跟在隨從後面爬上河堤。

她猜想，自己可能是昏迷了一下。頭痛好像變得更嚴重些。

命婦關上車窗。

「命婦大人，打擾了。」

菖蒲掀開後車簾，爬上車子。

「我將衣服交給公主了……命婦大人，您怎麼了？臉色……」

命婦臉色發青，幾乎沒有血色。

「您不舒服嗎？我幫您通通風……」

菖蒲正要打開窗戶時，被命婦制止了。

「不用！」

強硬的語氣把菖蒲嚇得收回了手，縮起身子。

菖蒲驚訝地望向命婦，看到她背對窗戶，張得斗大的眼睛眨也不眨，好像看著什麼可怕的東西。

命婦微微搖著頭說：

「請……關上窗戶。外面會看得到的……」

「您看到了什麼嗎？」

「沒有！」

命婦立刻否認，凝視著後面的車簾。

「我什麼也、什麼也沒看到，對，什麼也……」

她一次次地重複這句話，好像在說給自己聽。

◇　◇　◇

風音在看得見京城入口「羅城門」的地方等候時機。

就快到了。

「來了……」

陰陽師們將大量贖物丟進河裡，唸完祓祝詞，同時擊掌拍手。

在掌聲震盪大氣時，風音閉上眼，對著插在地上的桃枝唸起咒語。

「阿波利矢、遊波須度萬宇佐奴、阿佐久良仁、守護此地之神、於利萬萬世。」

這片土地有很多守護神，風音請祂們將神聖的力量降臨在當作依附體的桃枝上，再借用陰陽師祓除的力量，加強除魔的力道，一舉發射出去。

響起一般人聽不見的清澄聲音，一道如針般的細長光芒貫穿雲朵。

光芒直射桃枝，被吸入地底下。

風音張開眼睛，把刀印舉向天空。

「殘害破障、急急如律令——……！」

◇　◇　◇

藤花將桃枝插往花器裡，忽然站身走到外廊。

沉沉低垂的雲裂了開來，藍天逐漸露現。

沒多久，真的灑下了許久不見的陽光。

藤花喘了一口氣，心想事情一定是解決了。

吹起了風。與剛才不太一樣，似乎微微飄蕩著令人心曠神怡的綠意。

被風吹過的庭院樹木，恢復了原有的嬌豔。

回到房間，剛才還緊閉的花蕾已經開始柔和地綻放了。

經過一晚，脩子等人帶著音羽的水回來。

看到開始綻放的桃枝，脩子睜大眼睛，燦爛地笑了起來。

「這是哪來的？」

「是伊周大人送給公主的禮物。」

主屋裡放了好幾個花器，不管坐在哪裡都能看得到桃枝。

一問才知道，不只這裡，連侍女房間都同樣插了桃枝。

脩子邊一根根觀賞，邊戳戳還沒開的花蕾，瞇起眼睛端詳。

「太棒了，要寫信道謝才行。」

對了，把帶回來給父親的音羽水也分一點給伊周吧。

「藤花，幫我準備紙張。我要寫信給伊周大人，要漂亮的紙張。」

「是。」

藤花行個禮走到外廊，看到小妖們板著臉蹲在那裡。

「你們怎麼了？」

它們兩眼發直，爭相對疑惑的藤花說：

「喂，藤花，桃枝是妳到處發的吧？」

「妳要我們怎麼辦？放那種東西，我們就進不去主屋了。」
「不要這樣嘛。」
藤花眨眨眼睛說：
「啊……除魔……」
桃枝會除魔。
「可是，你們不是去修禊，還去沖了瀑布嗎？」
「是啊！」
百思不解的藤花疑惑地問：
「既然被祓除過，表示沒有東西可以再被祓除了吧？」
三隻小妖彼此對看，似乎還是有點懷疑。
「是這樣嗎？」
「我們可是歷史悠久的京都妖怪呢！」
「桃枝對黃泉鬼怪也有效，是歷史悠久的除魔道具呢！」
「我們果然還是敵不過桃枝吧？」
三隻小妖同時點頭，「嗯」了一聲。
獨角鬼沮喪地垂下肩膀。

「在桃枝枯萎前，我們都不能來這裡了。」
猿鬼和龍鬼也無精打采。
藤花看著沮喪的三隻小妖，一時不知道該說什麼。沒想到，伊周對外甥女的心意會有這樣的影響。
忽然，龍鬼眨了眨眼睛說：
「啊，對了，有晴明做的辟祓除。」
猿鬼和獨角鬼都張大了眼睛。
沒錯，有以前晴明在伊勢幫它們做的東西。那是脩子在海邊撿的貝殼，晴明唸過咒語後，用繩子串起。
戴著那個貝殼，待在有清淨力量保護的伊勢齋宮也沒問題，還可以神采奕奕地去參拜神宮。
小妖們蹦跳起來。
「沒錯、沒錯，有那個東西。」
它們吱吱喧鬧起來，獨角鬼骨碌地翻了個跟斗。
「我們去拿來。」
猿鬼向藤花揮揮手，轉身跑開。

從外廊跳下去，正要拔腿往前衝時，眼角餘光看到從渡殿走過來的外褂的花樣。

龍鬼心想這個侍女還跑得真快呢。通常，侍女再怎麼匆忙也會靜悄悄地前進，很少看到侍女會跑得這麼快，把頭髮甩得亂七八糟。

到底是誰呢？一看那仕女的臉，竟然是命婦。

她頭髮甩得亂七八糟，眉毛上揚，眼睛也布滿血絲，模樣相當可怕。

看到龍鬼突然停下來，猿鬼和獨角鬼也停止腳步。拉著衣服下襬奔跑的命婦是在看誰呢？小妖們循著她的視線望去。

聽到腳步聲的藤花緩緩轉過頭，看到命婦正以射穿她般的眼神瞪著她。

淒厲的目光把她嚇得往後退。

「命婦大人……？」

命婦揪住因震懾而呆呆佇立的藤花的前襟。

「妳把那東西怎麼樣了?!」揪住藤花的衣領緊緊勒住的命婦，把臉逼近藤花，脅迫地說：「妳把那東西怎麼樣了？拿去哪裡了？快說！」

勒住藤花的力氣大到不像女人，藤花被勒得不能呼吸。

她顫抖著把手伸向命婦的手，虛弱地反抗。

「……命……婦……大……」

幹什麼啊？

呼吸斷斷續續的藤花動著嘴巴，模樣像女鬼一樣可怕的命婦對她大吼：

「妳拿去哪裡了？妳說啊，快說……！」

小妖們呆呆看著用不尋常的強大力氣搖晃藤花的命婦。

靈力用到一滴不剩的風音，瞞著所有人偷偷溜回了竹三条宮。

進到房間，就全身虛脫了。她靠著柱子癱坐下來，好一陣子都不能移動。

可能的話，她很想就這樣沉沉睡去。

「起碼要換件衣服……」

現在的打扮，萬一被藤花之外的人看見，就很難解釋了。

風音套上單衣、穿上褲子、解開頭髮、戴上假髮。

已經累到快昏倒了，勉強才做到這樣。

她喘口氣，幾乎把肺裡的氣全吐光，然後拖著身子鑽進被褥裡。

她是以身體不適為由，沒去清水參拜，但現在真的是頭昏眼花，可以光明正大地臥病在床。

閉上眼睛，瞬間就睡著了——應該會是這樣。

周遭安靜得出奇，所以遠處的聲響也格外大聲。人處在沉睡與沉睡前的狹縫間，五官會特別敏銳。稍微進入深沉睡眠，就會脫離那種狀態，什麼都不知道了。

風音正在那個狹縫間飄浮。

淤滯在京城的氣枯竭，算是掃蕩一空。等體力恢復後，她打算去找行蹤不明的昌浩。已經築起新的結界，所以京城暫時安泰了。

除非人心偷窺那個黑暗，因此墜入深淵裡——。

呸鏘。

水聲響起。

「唔——！」

以幾乎發出聲響的氣力張開眼睛的風音，猛然從被褥跳起。

她抓起外褂，一邊衝出房間一邊把手穿過袖子。

那聲音是個徵兆。

「件……！」

在哪？

就在她低嚷的瞬間，從主屋傳來叫罵聲。

風音聽出那是命婦的聲音，倒抽了一口氣。

那裡冒著類似妖氣的煙霧，只有那附近特別昏暗。

衝到那邊的風音，看到面目猙獰的命婦勒著藤花的脖子。

聽到吵鬧聲跑來看的傜子，一拉開木門就呆住了。她沒辦法撇開視線，也沒辦法閉起眼睛，睜圓的眼睛有著顫慄。

嘎噠嘎噠發抖的她，動著稚氣未脫的嘴唇，叫著「命婦」。

表情扭曲的藤花抖動一下，癱軟地向後仰，試圖剝開命婦手臂的雙手也滑落下來。

命婦還是不放過全身癱軟無力的藤花。

她激烈地搖晃藤花大叫：

「妳拿去哪裡了！說啊，快說……！」

府裡的人聽到吵鬧聲，都大驚失色聚集過來。

風音細瞇起眼睛。

命婦每吼一聲，纏繞在她身上的黑色物體就逐漸成形。

是很小、真的很小、只有小指頭的指甲大小的臉。

吧嗒吧嗒張合的嘴巴，配合命婦重複著相同的話，宛如哼唱著什麼。
「還我、還我！還我還我還我還我……！」

呸鏘。

響起了水聲。
無數張臉哼唱著。
風音耳邊響起不該聽得見的聲音。
不該在這裡的妖怪的臉，彷彿出現在命婦背後。
『妳最厭惡的人，會奪走妳的寶物。』
纏繞著命婦不斷增生的黑臉，聽到像是件說的話，帶著邪惡的喜悅，一次次重複同樣的話語。
『妳最厭惡的人……』
命婦高聲怒吼，清淨的空氣開始沉滯。沉滯的主人是命婦。
風音咂了咂嘴。
「什麼時候的事……！」

近在咫尺，她居然沒發現。

她迅速結刀印、低聲唸咒語、唱出九字真言。

封鎖不斷從附近噴出來的妖氣後，再以凌厲的氣勢發動攻擊。

無數張臉「呀」地尖叫，視線同時轉向風音。

它們似乎想詛咒風音，但還來不及那麼做就煙消雲散。

這時，命婦發出顫抖的叫聲，翻白眼昏了過去。

所有人都嚇呆了。

癱軟的藤花手指微微動起來，她發出嘶嘶聲響，吸入了空氣。

「咯……！」

因強烈咳嗽，身體彎成く字形的藤花，流著淚氣喘吁吁。

她拚命呼吸，勉強撐著抬起頭，滿臉驚恐地望向命婦。

躺在地上的命婦動也不動。

「……命……婦……」

儘管仍有餘悸，藤花還是慢慢爬向命婦，輕輕搖晃她。

從命婦嘴裡溢出微弱的呻吟聲，藤花確定她還活著，才安心閉上眼睛。

藤花不太能出聲。因為脖子被勒得太緊，聲帶受到壓迫，聲音嘶啞了。

脩子無法相信眼前所發生的事，全身僵硬不能動彈，慢慢轉動張大的眼睛。

原本在視野內的小妖們，不知道什麼時候不見了。

她四處張望，看到快哭出來的小妖們東倒西歪地跑進了外廊下面。

使盡全力踏出步伐的脩子，發出僵硬的嘎吱聲，走向藤花和命婦。

風音跑過來，攙住差點跪下來的脩子，摟她入懷。

脩子緊緊抓住了風音。

「風……音……」

一直沒辦法眨眼的脩子，眼皮總算顫動起來了。

「命婦怎麼了……？」

風音咬住嘴唇，難過地說：

「對不起……我竟然沒發現……」

脩子完全聽出了這句話的意思。

沒錯，邪惡的東西避開脩子，攻擊了命婦。

衝進外廊下面的小妖們，哭著爬來爬去。

「在哪裡？怎麼會沒有呢！」

「是這邊沒錯啊！」

「明明放在這裡啊！」

命婦所說的東西，可能就是那個捲軸。因為捲軸不見了，所以她才那麼生氣。的確是放在這裡。它們只是把用油紙包起來的捲軸，暫時放在這裡。

小妖們哭得唏哩嘩啦，把附近都挖遍了。

「怎麼會這樣呢？出來啊！」

「別開玩笑了，喂！」

「為什麼……不見了……」

拚命扒土的手動作越來越慢，終究停止了動作。

它們噗通坐下來，不安地縮成一團，哭得抽抽噎噎。

誰叫命婦老是找藤花麻煩呢？

它們覺得命婦太過分，才會想整她一下。

只是想把她重要的東西藏起來，讓她著急。

原本打算等事情過後，再悄悄放回，一定會還給她。

因為那個命婦雖然對藤花說過很多難聽的話，但仍然很照顧公主。

公主也一樣，儘管對她有很多想法，還是很敬仰她。

更重要的，是做了壞事會被陰陽師罵、會被晴明罵、會被昌浩罵。

真的、真的成為禍害，就會被陰陽師毫不留情地祓除。

它們並不是來真的；它們只是惡作劇而已。

然而……

應該在那裡的捲軸，卻突然消失了。

◇　◇　◇

小怪的陰陽講座

⑨平安時代的貴族女子出遠門時的裝扮。

⑩中央突起的大帽子，用蓑草編織而成。

9

已矣哉。已矣哉。已矣哉。已矣哉。已矣哉。已矣哉。

老人背對著不斷重複的邪念之歌，口中唸唸有詞。

十二神將朱雀注視著站在尸櫻樹下紋風不動的老人背影。

「……在此……追逐……」

可怕的邪念在他周圍捲起漩渦，一邊吞噬紫色花瓣一邊慢慢靠近他。

在尸櫻森林綻放的花朵，開了又謝，謝了又開，顏色一次比一次深。

淡紫色的花，現在像紫水晶融化的顏色。

狂風轟轟作響。花瓣如暴風雪般飛舞，狠狠打在朱雀身上。

太陰和青龍離開後就沒回來。老人命令朱雀去把咲光映帶來，朱雀卻不肯離開。

風聲颼颼。櫻花森林鬼哭神號。數千、數萬張臉搖來晃去，逕自哼唱。這些光景彷彿都逐漸被老人的背影吞噬。

看了幾十年的安倍晴明的背影，是熟悉的背影卻也是陌生的背影。

朱雀的視野莫名地扁塌、歪斜起來，腳底輕飄飄的，有種在虛幻霞霧中搖晃的錯覺。

但這種錯覺很快就會消失，最近經常發生類似的症狀。

櫻花會使生物瘋狂。待在這裡，這種情況會越來越顯著。

小怪離去時的背影閃過腦海。

耳邊響起小怪的低聲詢問。

——那真的是被我們當成主人的安倍晴明嗎？

「…………」

朱雀閉上眼睛。

他沒有回答同袍臨終之際的詢問。

看到從夕陽擷取下來的眼眸熊熊燃燒，朱雀霍然抬起視線。

眼前是漫無止境的櫻花森林與無數飄揚的花瓣，瞇起眼睛看著這種光景的朱雀，說起了他從來沒說過的事。

天乙貴人。

不是現在盤著金色頭髮、夢幻、美麗的天一，而是很久以前死去的前任。

老實說，那之後究竟過了多久，朱雀不太記得了。

沒有必要正確地記憶。十二神將的時光相當於永恆。即使度過漫長歲月，神將們也不會有多大改變。

貴人消失時，只有朱雀在場。

天一重生時，只有朱雀在場。

同名的兩人，是全然不同的存在，與其哀悼消失的貴人，還不如迎接重生的天一。

朱雀就像處理易碎物般，呵護比他們晚很多出生的天一。經常關心她，給她方便，幫她解決問題。

剛開始只是這樣，但不知不覺中有了改變。

先是不想看到她的臉因苦惱而扭曲，或因悲痛而蒙上陰霾。

後來又希望能看到她恬靜地微笑，而且是對著自己笑。朱雀對自己這樣的變化感到疑惑、驚愕。

最後，他終於察覺了。

自己試圖抹去貴人的存在。明知不可能當作不曾有過，想要那麼做，卻一直抗拒、掙扎。

貴人在他眼前消失，緊接著天一出現。他沒辦法像其他同袍那樣，感到絕望或是被悲痛擊倒。

溫柔的天一肯定看出來了，但卻假裝不知道，還很有耐心地守護著朱雀，等待他解開心結。

所以，朱雀沒有把當時的事告訴過任何人。

當朱雀慢慢說起了這件事，小怪滿臉驚訝。剛開始，完全聽不懂他在說什麼。

但漸漸聽懂後，它什麼也沒說，只是默默聽著。

有人召喚了天乙貴人。

不知道是哪個世界的人。總之貴人聽到召喚，應要求去了某處。

朱雀心想應該是來自人界的召喚。到目前為止，召喚他們的人都是人界的人，所以他沒有想到其他可能性。

被稱為「人界」的世界，其實有好幾個。這些世界相互重疊，但絕對不會有往來。朱雀知道這件事，卻從沒深入思考過。

每個界都很相似，只是時間的流逝不一樣。現在，十二神將們與被稱為人界的幾個世界之一，有著密切的關係。

自從成為安倍晴明的式，所有人都追隨他後，他們誕生的異界的時間，流逝速度就變得跟晴明所居住的人界一樣了。

在那之前，時間的流逝非常不穩定。因此，知道前一代什麼時候消失不見也沒有特別意義。

被召喚的天乙貴人，沒多想就去了。朱雀也如常地送走她。

他們約定好，等她回來後比劍。她很好強，總是不認輸。

「我雖然沒勾陣厲害，但總有一天會贏你。」

每次輸了，她就會氣沖沖地這麼宣示。外表看來比朱雀年長，在這方面卻像比朱雀小的女人。

活潑、開朗，全身散發著生命的活力。

天乙貴人。這就是從人類的想像具體呈現出來的她。

當時有點擔心她怎麼那麼晚還沒回來。

現在才知道，那是種預感。

正擔心時，她的神氣就墜入異界了。

不是降落，而是墜落。而且虛弱得驚人，彷彿就要消失了。

就在朱雀面前。

面對突發狀況，朱雀呆住不能動彈。

她全身癱軟跪坐下來，硬是抬起頭，視線飄忽不定。動盪的眼眸是在看見朱雀在那裡時，才凝聚了焦點。

她似乎想說什麼。

四目交會的剎那，朱雀像解除了咒縛般彈跳起來。

——貴人！

這個叫聲應該是抽搐的。

顫抖的手伸向自己。沒有血色的嘴唇似在說著什麼。

朱雀看到她的雙眸顫動。

只差一點，伸出去的手就能碰觸到了。

卻在那之前，她的身體傾斜，被光芒包圍後便無聲地消失。

朱雀來不及抓住她。

◇　◇　◇

——我的手沒抓到她。

這麼說的朱雀，沒有激動也沒有哀嘆。

他瞇著雙眼，望著飄落的花朵，緬懷過去。

「……唔……唔……」

喉嚨咻咻鳴響。

小怪搖搖晃晃地向前走。

老實說，它並不確定自己是不是在前行。

被六隻妖怪凌虐，拚死突破重圍後，在耗盡力氣之前，逃進了出現在眼前的森林。

每次倒在邪念上，所剩無幾的生氣就會被大量吸走。它的眼前一片昏暗。

而且，每當小怪試著解除插在胸口的刀影封印，也會引發貫穿全身的強烈疼痛。另外，還有注入心臟的這股波動。

「那小子……」

小怪咬牙切齒，屏住了氣息。

波動慢慢地增加強度。

自己的同袍竟然可以毫不留情地做出這麼殘酷的事。

「這個……刀影……」

沒開玩笑，必須想辦法拔出來，不然會死。

這是弒殺神將的火焰波動。

若放著不管，就會啟動。是一種無言的恐嚇，要它把咲光映帶去尸櫻那裡。

沾滿血的白色身體不支倒地。

花瓣被彈飛起來。

趴倒的身體下面，有蠢蠢鑽動的氣息。是膠的邪念潛藏在那裡。

微弱的聲音響起。

『已矣哉。』

小怪緩緩張開眼睛。

「……住口……」

怎麼會完了呢。它才不會悲慘地倒在這種地方，就這樣消失了。

昌浩一定等著自己追上來。

在深紅的天空下，你抓住伸出來的手，像個天真爛漫的嬰兒笑著。

「可惡……」

絕不能讓你再承受那樣的痛苦。

小怪這麼想，卻使不上力。

昌浩，你在哪裡？在附近嗎？我是不是正在你所在的地方搜尋，沒有找錯呢？

你會在我一路走來的盡頭嗎？昌浩。

「……」

眼睛迷濛。

流了太多血。弒殺神將的波動，正慢慢增加強度。插在身上的刀影，會奪走它的氣力及一切。

離開尸櫻森林前，小怪尋找過老人的蹤影。

他站在大樹下，口中唸唸有詞。

小怪並不認識那沒有回頭的男人背影。

它喃喃叫喚了主人「晴明」的名字。

朱雀沒說你為什麼變了，但絕對還有希望。

否則，那個青龍不可能追隨你。

——你的名字就叫紅蓮吧……

很久很久以前，遍體鱗傷的你這麼說。

是的，是你——

剎那間。

「紅蓮——————！」

這聲呼喚拉回了小怪、紅蓮快要消散的靈魂。

昌浩咬緊牙關，心想沒救了。

就快穿越森林了。這樣的想法害他鬆懈，太晚察覺妖魔靠近。

當風向改變時，已經被妖魔包圍。躲在櫻樹間，一步步逼近昌浩他們的妖魔，不知何時增加到數不清的數量。

妖魔們決定先凌虐被包圍的獵物。

從臉前端突出來的人類嘴巴，愉悅地哼唱著。

『好像很好吃。』

『好像很好吃。』

『好像很好吃。』

『好像很好吃。』

好幾個聲音交疊，無止無境地擴散。從花瓣底下流出、爬上櫻樹樹幹的數萬張臉，露出喜悅到扭曲的表情，重複著同樣的話，覆蓋了妖魔的聲音。

『已矣哉。』

兩種聲音層層交疊，漸漸變成難以形容的聲音。

在飄落的櫻花與瑟瑟風聲中，昌浩的氣力終於敗給了那個好像永遠響不停的聲音。

妖魔們就是等著這一刻。

最危險的是昌浩。被揹著且動也不動的勾陣、眼眸因驚恐而凝結的咲光映、狠狠瞪著妖魔的屍，都只是一般食物。唯一可能成為阻礙的昌浩，也被櫻花的意志困住，動彈不得。

邪念噠噗搖動，邊吞噬鋪滿地面的花瓣，邊如疾風滑行，襲向昌浩他們的腳。

屍抱起了咲光映。

「走開！」

怒吼迸出力量，纏繞於他們腳踝的邪念發出聲響被彈飛開來。

抱著咲光映的屍，跳上櫻樹。他叫咲光映抓住樹枝，然後將往上爬的邪念踢下去。

昌浩滿腦子都是妖魔與邪念的聲音，無法判斷該怎麼做。

感覺遲鈍，思緒散漫。這是哪裡？自己該做什麼？這是什麼聲音？

不斷飄落的粉紅色碎片，異常沉重地黏上來，彷彿就要鑽進皮膚底下。

好奇怪。看見的東西都是扁的。聽見的聲音都在四周迴響翻滾，淹沒了其他一切。

膠的邪念逼近。不，不對，是自己失去平衡，倒了下來。因為受到撞擊，沉入了黑膠裡。

在一陣混亂中，昌浩與勾陣不知何時被拆散了。

察覺時，她的身軀滾落在妖魔前。

昌浩拚命掙扎。

好幾張酷似山豬的嘴戳著勾陣，確定氣若游絲的她不能動了。

「啊……」

在朦朧、扭曲、狂亂的視線內，蠢動的怪獸們身體逐漸膨脹。

昌浩懷疑自己的眼睛。是幻覺嗎？

但那並不是幻覺。

不是怪獸膨脹了，是邪念湧向勾陣，貪婪地吸食她的生氣。原本只有小指頭的指甲大小的臉瞬間脹大，每張臉都變得像妖魔的身體那麼大。

好幾張黏黏稠稠的臉直立起來，瞥了一眼發現膠的突變而呆住的妖魔。

巨大的嘴巴吧嗒吧嗒張合，原本如孩童般尖銳的聲音變得低沉且渾厚，就像粗暴的嘶吼。

『已矣哉。』

妖魔四散。翻滾的邪念以驚人的速度繞到前面，大口吞下想逃走的妖魔。

陷入膠裡的妖魔經過猛烈掙扎，慢慢地安靜下來，萎縮不動了。

數量龐大的妖魔接連被邪念吞噬。每吞下一隻妖魔，邪念就膨脹成長，沒多久便開始吞噬靠神氣不斷綻放的櫻花。

爬到櫻樹上躲避的屍，流露微妙的感動，喃喃說著：

「櫻花被吃掉了……」

長久封鎖他們的森林，被那些可怕的臉鯨吞而盡了。
翻滾的無數張大臉相當可怕，但屍卻看得目不轉睛。
「原來……」屍像發燒說夢話般喃喃說著：「給了食物……那些臉……就會把櫻花吃光……」
巨大的臉哼唱起來，像是在回應他。
『已矣哉。』
『已矣哉。』
『已矣哉。』
『已矣哉。』
『已矣哉……』
屍不由得附和起陰森地響個不停的聲音。
「已矣哉……」
已經完了。
尸櫻。
你已經完了。
男孩的眼睛出奇的清亮，閃爍著詭異光芒。

咲光映直盯著這樣的屍。

她單薄的肩膀微微顫抖，張大的眼睛充滿無法形容的驚恐。

「屍……」

她想呼喚屍，卻只能發出沙啞而斷斷續續的聲音。

咲光映的視線垂了下來。無數張臉如黑色波浪覆蓋地面。她在那裡面搜尋拚命掙扎的昌浩身影。

昌浩被好幾張臉推來推去，好不容易才爬到勾陣旁邊。

被纏繞的膠重重壓在身上，體力越來越虛弱了。身體冷得像冰。膠發出噠噗聲企圖鑽進他嘴裡，他死命地閉起嘴巴，甩頭反抗。

把膠甩開、甩開、再甩開，甩到再也甩不動了。

緊緊握起的拳頭，漸漸失去力氣。

可能不行了。

手臂滑落。

可能已經不行了。

撐住身體的手肘立不起來了，會被拖倒。

「…………」

不行了。
試著抬起來的頭垂下去了。
在樹上看到他那副樣子的咲光映，淚眼汪汪地咬住嘴唇，鼓起勇氣往下跳。
「咲光映?!」
屍大驚失色，吼叫的聲音貫穿入耳。
轉眼間，好幾張臉就吞噬了掉進膠海的咲光映。
昌浩聽到微弱聲響，張開了眼睛。
隱約看到女孩快要沉沒的白皙臉龐。
「————唔！」
怦怦。
心跳加速。
昌浩看見的不是咲光映，而是站在更遠處的、當年的「她」。
灰白色的火焰在昌浩眼裡搖晃。
他奮力伸出手，搜尋被吞沒的女孩。
「……咲光映！」
他吞回差點叫出口的名字，改喚已經沉沒的女孩名字。

「…………！」

屍發出難以形容的慘叫聲跳了下來，沉入膠的波浪中。

快要沉沒的勾陣，出現在昌浩的視野角落。

「勾陣……！」

連他自己都分不清楚是在叫喚還是在哭泣。

因為，已經完了。

因為，已經無可救藥了。

因為。

因為。

忍了又忍，到達極限的情感終於爆發。

昌浩緊閉著眼睛放聲大叫：

「紅、紅蓮——……！」

瞬間，颳起了淒厲的龍捲風。

10

狂風轟隆作響，捲起漩渦，襲向四方。

櫻樹上被邪念吞噬而枯萎的花瓣如灰，碎成粉末消失殆盡。

無數張臉被炸飛、裂開，緩緩地直立，看到躺在地上的昌浩等人，排成一長串移動了起來。

受到衝撞不能動的昌浩，拚命轉著脖子。

勾陣躺在地上。在他的視線一角，屍骸著咲光映蹲了下來。

好幾根白色棒子般的東西散落在地上，可能是被吃掉的妖魔骨頭。

零亂渙散的邪念被吹到好幾丈外，儘管臉都已扁塌仍繼續哼唱。

『已矣哉。』

再次被包圍，昌浩發出了低嚷聲。

「可惡……」

他伸出顫抖的右手結刀印。無論如何，非脫離這裡不可。

但該怎麼做呢？

「謹請……恭奉……」

高高直立的大臉張開嘴巴，撲向勾陣。

「南無馬庫桑曼達……」

呼吸困難。黑膠騰騰翻滾湧上。

『已矣哉……』

就在這時，一聲怒吼撕裂了歡愉的叫聲。

「住口！」

昌浩屏住了氣息。

一團東西如疾風般衝來。

起初，昌浩還搞不清楚那個滑入他與勾陣之間的東西是什麼。

覆蓋全身的毛應該是白色，卻沾上了粉紅色與紅色斑點。灰白細長的刀影，從背部刺穿到腹部，放出詭異的波動。

昌浩不用摸也知道那是什麼。

「火焰之刃……？」

變形怪的身體不再是熟悉的顏色，被染成了完全不同的色彩，那股淒厲的火焰波動傳遍全身，成為封鎖原有力量的桎梏。

緩緩回頭的小怪，瞇起眼睛低喃：

「很好，你看得見……」

「咦？」

小怪搖搖晃晃地走到昌浩旁邊，盯著邪念與勾陣說：

「拔掉。」

昌浩瞪大了眼睛。

他看得很清楚，火焰刀影雖然封住小怪的神氣，但也阻斷埋入它體內的弒神火焰。

「把刀影拔出來，你會……」

「沒關係，拔！」

大群蠢動的邪念，邊防備闖入者邊慢慢縮短距離。

無數張臉盯著不會動的神將。

這是食物，是它們的食物。還剩下一點點的力量。它們要把那些力量都吃個精光。

皮膚、肉、內臟、骨頭都是上等食物。

另外，躺在那裡的人也是食物。

突然冒出來的小東西，也是來被享用的食物。

無數張臉依序移動視線，看著咲光映、屍、昌浩、小怪。然後再看一次宛如被當成

祭品獻上的勾陣。

小怪帶著嗚喘，用聽不清楚的聲音說：

「快拔。」

「可是……」

「別小看我。」

疾言厲色的小怪瞪著昌浩，夕陽色的眼眸熊熊燃燒起來。

「我才不會被殺那麼多次。」

昌浩被小怪徹底震懾，咕嘟吞了口唾沫，下定決心握住刀柄，使盡全力拔出。

新的血液從被刺穿的傷口噴出。

邪念看到生氣的凝聚物，立刻跳了起來。

黑膠如大浪捲來，襲向在場的所有人。

強大的重壓與衝擊使昌浩無法呼吸，肋骨嘎吱作響，搞不好脊椎會碎裂。

當這樣的感覺閃過腦海時，灼熱的鬥氣漩渦捲起，高高噴向天際。

跳出來的白色火龍一邊燒毀黑膠，一邊以爆炸性的速度向四方擴散。

櫻花殘渣瞬間化為灰燼，粉碎凋落。

火焰颳起的熱風狂亂吹拂，以原有的森林為中心爆散開來。

昌浩抱頭蹲下，聽著還狂亂不已的火龍咆哮聲，戰戰兢兢地抬起頭。

「……………」

四周都是熊熊燃燒的火焰，卻不會覺得很熱，這是因為有強大的神氣迸發，包住了昌浩。

單腳跪地的小怪，背部正中央有個刀刃貫穿的傷口，還在出血，血滴沿著背部淌落。若不趕快止血，體力會越來越虛弱。

昌浩才剛這麼想，便看到火龍跳躍著繞回來，一口咬住了傷口。

響起灼燒傷口的聲音。

「——……！」

昌浩倒抽一口氣，張大了眼睛。十二神將火將騰蛇看也不看他一眼，緩緩站起身。

這時昌浩才發覺，紅蓮手上抱著勾陣。

仰倒的勾陣的頭髮，被迸發的神氣吹得飄揚。

昌浩悄然站起，環顧周遭。

邪念在火焰的牆壁前鑽動，被可以燒毀所有東西的業火阻擋，不能再靠近。

妖魔被它們吃光了。

攪亂人心的狂亂櫻花也都灰飛煙滅，不留一絲痕跡。

「弒殺神將的火焰呢？」

昌浩大概猜到了結果，但還是對著紅蓮的背影詢問。

回覆的語氣令人毛骨悚然。

「焚化了。」

昌浩心想：

啊，果然。

昌浩再次環顧四周，心中湧現難以形容的驚恐。

十二神將中最強的男人，可以自在地操控會燒毀一切的地獄之火。

「絕不能跟他敵對……」

昌浩怕被聽見，偷偷低喃，紅蓮卻仍聽得一清二楚。

紅蓮面目猙獰地挑動一邊眉毛，但什麼也沒說。

然而，為了焚化弒殺神將的火焰，必須爆發出超越極限的神氣，所以行蹤恐怕已經洩漏了。

不趕快離開這裡會有危險。

昌浩要開口催促大家時，被紅蓮橫抱的勾陣眼皮微微顫動。

夾雜在喘息聲裡的低喃太過小聲，以至於昌浩沒聽見。

顫動的眼皮緩緩張開。

失焦的黑曜石眼眸，好不容易才映出俯視著她的紅蓮的雙眸。

「……………」

勾陣動動嘴唇，又閉上了眼。

透過手臂可以知道，在她張眼的前一刻所注入渾身的力量，於閉上眼睛時就全部都消失了。

紅蓮輕聲嘆息，聳聳肩。

心想自己果然沒猜錯。

「真是的，一見到我就說那種話。」

——來得太晚啦，混帳。

要等到她下次醒來才能反駁了。

抱著咲光映的屍，直盯著保持神氣迸發狀態的紅蓮。

「十二神將……騰蛇……」

勾陣的神氣也是出類拔萃，但還是比不上十二神將中最強的鬥將。

最強的是騰蛇。火焰的神氣、灼熱的鬥氣，都遠遠凌駕於勾陣之上。

把他當成食物的話……不，乾脆用那把火燒毀尸櫻。
屍興奮得一顆心在胸口亂竄，耳朵發燙，幾乎叫出聲來。
——……要……保……尸櫻……
眼睛閃閃發亮的屍，耳裡繚繞著婆婆的聲音。
他不悅地皺眉瞪眼，不知道為什麼會在這種時候想起那句話，因為他並不明白婆婆在說什麼。
「……煩死人了……」
咲光映屏住呼吸，用顫慄的眼神害怕地看著低聲叫嚷的屍的側臉。
十二神將太陰從上空高高俯瞰原本是森林的地方，隨手按住被依然狂亂的熱風吹起來的左邊頭髮。
「………」
光察覺風中蘊含的神氣，身體就縮了起來，顫慄油然而生。
太陰甩甩頭，忍住快飆出來的淚水。
咲光映就在下面。
「我剛才想抓咲光映，可是力量失控了……」太陰握起顫抖的手，結結巴巴地說著：「就在邪念彈飛出去時……騰蛇就來了……」

絕對不是因為聽到昌浩的吼叫，不堪忍受而捲起了龍捲風。

邪念會彈飛出去，是因為力量失控了。

是由於昌浩他們的運氣好，才沒被擊中。

陰陽師不但運氣好，還會操縱言靈。

居然叫喚了不知道會不會來、甚至也不知道是生是死的神將之名。

「被那樣的言靈叫喚，就算快死了也會來啊……」

太陰垂頭喪氣地轉身離開。

被那樣的言靈叫喚——

「連我都會那麼做啊……晴明……」

微微震顫的聲音融入了比黑夜更昏沉的黑暗中。

◇ ◇ ◇

老人哼唱的聲音在風中迴響。

朱雀注視著右手，用力握起拳頭，閉上了眼睛。

沒抓到。

當時沒抓到的手，這次還是沒抓到。

在紫色花飛雪與颼颼風嘯聲中。

幾個身影被騷然顫動的尸櫻吞噬了。

——你們快退下！

——怎麼了？

——不行，晴明……！

慘叫聲、吶喊聲響起。

白皙的手指伸向了自己。

然後，比天空清澄的淺色眼眸逐漸消失在亮光中。

朱雀抬起眼皮，緩緩仰頭望向尸櫻。

「尸櫻……」

需求活祭品的櫻樹，是徹底沾染魔性就會枯萎的巨樹。

要有祭品才能驅除魔性，否則力量用盡時，死者的遺恨就會導致氣枯竭。

尸櫻會招來死亡，最後自己也會死去。

為了避免這樣的結果，晴明再三囑咐把咲光映帶來。

那孩子的靈魂比任何人都能祓除尸櫻的魔性。

時間不多了。

老人的聲音隨風飄揚。朱雀不知道也不想知道他在唸什麼。在這段期間，尸櫻也不斷侵蝕著被吞噬的同袍們。

朱雀握著大刀的手，握得更緊了。武器遵從主人的意念，瞬間改變了形狀。

人類被選為尸櫻的祭品。

沒錯，最適合的祭品是人類。

朱雀的眼睛完全失去了感情的色彩。

「安倍晴明……」

儘管只有一半，但站在那裡的你，的的確確是個——人類。

為了抓住連第二次都沒抓到的手。
十二神將朱雀平靜地踏出了不該踏出的那一步。

後記

這是漸入高潮的《少年陰陽師》尸櫻篇第四集。

首先是暌違已久的那件事，就是因為最近的後記都只有一頁，所以很久沒有公布的那件事。

少年陰陽師人物排行榜復活！

第一名是主角安倍昌浩。

第二名是十二神將火將騰蛇。

第三名是十二神將木將六合。

以下依序是，勾陣與小怪同票數位居第四，以下是風音、彰子、夕霧、玄武、冥官、太陰、螢、爺爺、車之輔、成親、敏次、木花開耶姬、結城、太裳、岦齋、茂由良、青龍、凌壽、飄舞、朱雀、國成、屍、比古、小妖們。

對了、對了，雖然已經過了很久，我還是要謝謝大家送的情人節巧克力。這次也是冥官第一名，但禮物是紅蓮與冥官同數量。紅蓮，你太優秀了！……雖然巧克力的數量輸了。冥官果然厲害，我以他的高人氣為榮。

再來，太裳收到的也是巧克力，昌浩則是香袋。我也收到了香袋與薰香。

感謝大家的支持。不過，穩坐第一名的冥官，最近都沒登場呢……

話說，從這本的上上一本，換了責任編輯。上上一本啊……時間過得好快啊……所以，新責任編輯Y井——come～on！

Y「來了、來了，各位好，我是Y井，請多多指教。言歸正傳，結城老師，這次的後記麻煩寫六頁。」

光「喔，比以前多。」

Y「可是，這樣已經算少了呢。我們收到很多信，要求增加後記頁數。」

光「是嗎？不過，後記通常不會寫那麼多吧？」

Y「通常是不會，通常會少一點，通常是那樣，但麻煩寫六頁。」

光「是嗎……（言下之意就是不通常囉？但這麼吐槽，恐怕只會自討沒趣吧，一定會……大概）。」

那麼，因為要寫六頁，所以先由當廣告業務的結城來宣傳。

《數位野性時代》五月號，刊登了《吉祥寺所有怪事承包處》的新作。

舞台是現代，從標題可以知道，是在東京的吉祥寺。主角是十八歲的男孩，內容是與他相關的人們、有些恐怖但卻暖心的陰陽師故事。也很用心地收錄吉祥寺美食的資訊

（順道一提，「稍微～陰陽師的故事」就是簡稱《所有處》的責任編輯N崎小姐說想看的內容。對，就是那個N崎小姐，那個蠻橫的N崎。很久沒在一起工作了，但她還是老樣子，甚至升級了）。《數位野性時代》是在BOOK☆WALKER上線的電子書，所以應該能在智慧型手機、平板、電腦上閱讀。主角是個活潑的孩子，積極主動，所以寫得非常開心。

角川文庫版《少年陰陽師》「天狐篇」一～二集熱銷中。第三集以後，請透過官方網站確認出版日期。

《大陰陽師 安倍晴明》系列也感謝大家支持，頗獲好評。想看續集的朋友，請寫信到編輯部，一定要寫哦！

還有，透過少年陰陽師學古文的學習參考書在四月中旬出版了。

書名是《從少年陰陽師快樂學古文》，由中經出版社熱銷中。書中將小說的文章、台詞寫成了古文，每個篇章的標題也都是命令句。作者跡部拓哉把少年陰陽師讀得非常透徹，寫得天衣無縫。

真的是只有少年陰陽師才能解說的古文參考書。

而封面與文中插圖也都是ASAGI櫻老師的新作，請各位一定要看看特地為這本書畫的多張插圖。若在書店找不到，只要訂購，就能買到。

請靠這本書提升古文成績，然後向老師和班上同學宣傳：「我就是靠這本書提高成績的！」（笑）

宣傳活動就到此結束。呃，接下來還要寫什麼呢？就寫些喜歡的東西吧。

在簡介中，我寫了喜歡紅茶和寶石，其實還有很多喜歡的東西。

其中之一就是鋼筆。

我喜歡用鋼筆寫字，也喜歡鋼筆。不過，我對鋼筆了解不多。喜歡不等於專精。就請這麼想吧，今後我會慢慢學習。

像我這種喜愛鋼筆的見習生，最強的靠山就是雜誌《趣味的文○箱》。這本《趣○的文具箱》實在太優秀了，只寫鋼筆、墨水這兩種文具。

題外話，Y井女士本來並不知道這本雜誌。當我介紹給她時，她感動地說：「竟然只寫鋼筆就能編成一本雜誌！」嗯，我剛開始也是這麼想，不知道沒興趣的領域，是無可厚非的事。但也因為不知道，才有知道的樂趣啊，呵呵呵。

這本一年發行三次的A４尺寸雜誌《趣味的文具○》，從限定商品到一般商品，介紹了全世界鋼筆廠商的所有鋼筆，我看得神魂顛倒，好幸福。有田燒鋼筆、漆器鋼筆、螺鈿鋼筆、沉金（嵌金雕漆）鋼筆，簡直就是藝術品。

去年買到了「寫樂」的長刀研鋼筆。而在前幾天的活動「世界鋼筆祭」，我終於實現願望，買到仙台大橋堂的手工鋼筆。原本就有萬寶龍和百利金（兩者都是德國品牌）的鋼筆，一直很想要日本製鋼筆。題外話，筆盒是京都名店一澤信三郎帆布製。

鋼筆的墨水也很有趣。首先，墨水管有各式各樣的形狀。

萬寶龍以前的墨水管，好就好在墨水變少後要斜立吸引。

百樂鋼筆的墨水「色彩雫」有多種顏色，會忍不住這個也想要、那個也想要。名字取得很好聽，有夕陽、松露、冬將軍、月夜、霧雨、稻穗等等，可以讓人張開想像的翅膀，想像是什麼顏色。

有時我會用鋼筆校正原稿，這時候是用色彩雫的紅葉。

方便使用的平價鋼筆也不錯。無印良品的鋁製鋼筆，是我常用的入門鋼筆。白金的白金牌鋼筆，用起來也很順手。

鋼筆長時間沒使用，墨水就會塞住，所以我每天都會想寫點什麼。短短的記事或寫大綱時，我會很自然地使用鋼筆。

「手寫」這件事，比想像中重要。當整理不出思緒時，抱著玩玩的心情，把想到的單字隨手寫下，目標就會逐漸清晰，知道該做什麼。

原稿是直接打進電腦，但想大綱或寫題材時，還是手寫最好。

我也曾想過，像以前的文豪那樣用鋼筆寫原稿。但當H部女士率直地告訴我：「用鋼筆寫也可以，但要花時間打字，所以截稿日要提前一個月哦。」就放棄了。沒關係，寫字條之類的時候，我會用鋼筆寫很小的字。但有時候也會使用萬寶龍的鉛筆。

滔滔不絕地說著這些事，不知不覺就到了最後一頁。

尸櫻篇第四集如何呢？請務必寫信告訴我感想。另外，也期待關於《大陰陽師 安倍晴明》、《吉祥寺所有怪事承包處》、《怪物血族》的感想。

Beans文庫的下一本新書，預計是《怪物血族》第六集。咲夜的命運將會如何呢？

那麼，期待下一本書再見囉！

結城光流

怪物血族

モンスター・クラーン

❶黃昏的目標
❷悠久的神盾
❸虛構的方舟

在白天與黑夜的黃昏狹縫之間，棲息著一群名為「血族」的怪物。他們的數量稀少，生命卻無比漫長，並且擁有不可思議的力量！
血族以血統決定一切，但首領卡爾卻愛上了人類，還收養了人類少女咲夜，也使得半人半吸血鬼的長子亞貝爾受到排擠，咲夜更是備受冷落。
為了得到血族長老的認同，咲夜決心接受考驗：依血之戒律，獵殺背叛血族的異端者！於是她帶著心愛的配槍，冒險闖入了異端者所藏匿的城寨……

少年陰陽師
しょうねん　おんみょうじ

竹籠眼篇

參拾貳 夕暮之花　參拾參 微光潛行　參拾肆 破暗之明

參拾伍 心願之證　參拾陸 朝雪之約

大哥成親遭到疫鬼附身，大伯吉平則被人下毒差點沒命，安倍家最近實在不安寧！
正當眾人忙得焦頭爛額的時候，沒想到下一個倒楣的就是昌浩！一個白髮紅眼、相貌詭異的男人一見到昌浩，便要取他的性命！無力招架的昌浩岌岌可危，千鈞一髮之際，一名年紀相仿的少女出手救了他。
然而麻煩還沒結束，這位靈力強大的少女雖然解救了昌浩，卻帶來另一個更讓人不知所措的震撼消息！昌浩還來不及反應，皇宮中，卻早有另一股勢力悄悄盯上了安倍家……

少年陰陽師
しょうねん おんみょうじ

肆拾壹 傷逝之櫻

●中文版書封製作中

【尸櫻篇】震撼大結局！

與紅蓮重逢的昌浩，除了等待勾陣復原之外，
一心只想著如何讓屍與咲光映逃到人界。
紅蓮卻越來越懷疑，屍是不是刻意奪走了勾陣的神氣？
就連咲光映也對顯現異常本性的屍產生了懷疑。
就在這時，驚人的強大神氣在遠處爆開。
昌浩等人為了確認晴明的安危，趕往了現場……

國家圖書館出版品預行編目資料

少年陰陽師．肆拾，顫慄之瞳／結城光流著；涂愫芸譯.-- 初版.-- 臺北市：皇冠，2015.05
面；公分.--(皇冠叢書；第4470種)(少年陰陽師；40)
譯自：少年陰陽師 40：慄く瞳にくちずさめ
ISBN 978-957-33-3148-3(平裝)

861.57　　　　104004769

皇冠叢書第4470種
少年陰陽師 40

少年陰陽師——
顫慄之瞳

少年陰陽師 40
慄く瞳にくちずさめ

作　者—結城光流
譯　者—涂愫芸
發行人—平雲
出版發行—皇冠文化出版有限公司
台北市敦化北路120巷50號
電話◎02-27168888
郵撥帳號◎15261516號
皇冠出版社(香港)有限公司
香港上環文咸東街50號寶恒商業中心
23樓2301-3室
電話◎2529-1778　傳真◎2527-0904
責任主編—盧春旭
責任編輯—鄭智妮
美術設計—王瓊瑤
著作完成日期—2013年
初版一刷日期—2015年5月

法律顧問—王惠光律師

讀者服務傳真專線◎02-27150507
電腦編號◎501040
ISBN◎978-957-33-3148-3
Printed in Taiwan
本書特價◎新台幣199元／港幣67元